半透明の君へ

for the Translucent You

春田モカ

Moka Haruta

消えてしまいたい。

……生きていたい。

心で叫びながら、日々をただ漂い生きている僕らは、

まるで〝半透明〟だった。

装画　萩森じあ
装幀　ウチカワデザイン

プロローグ

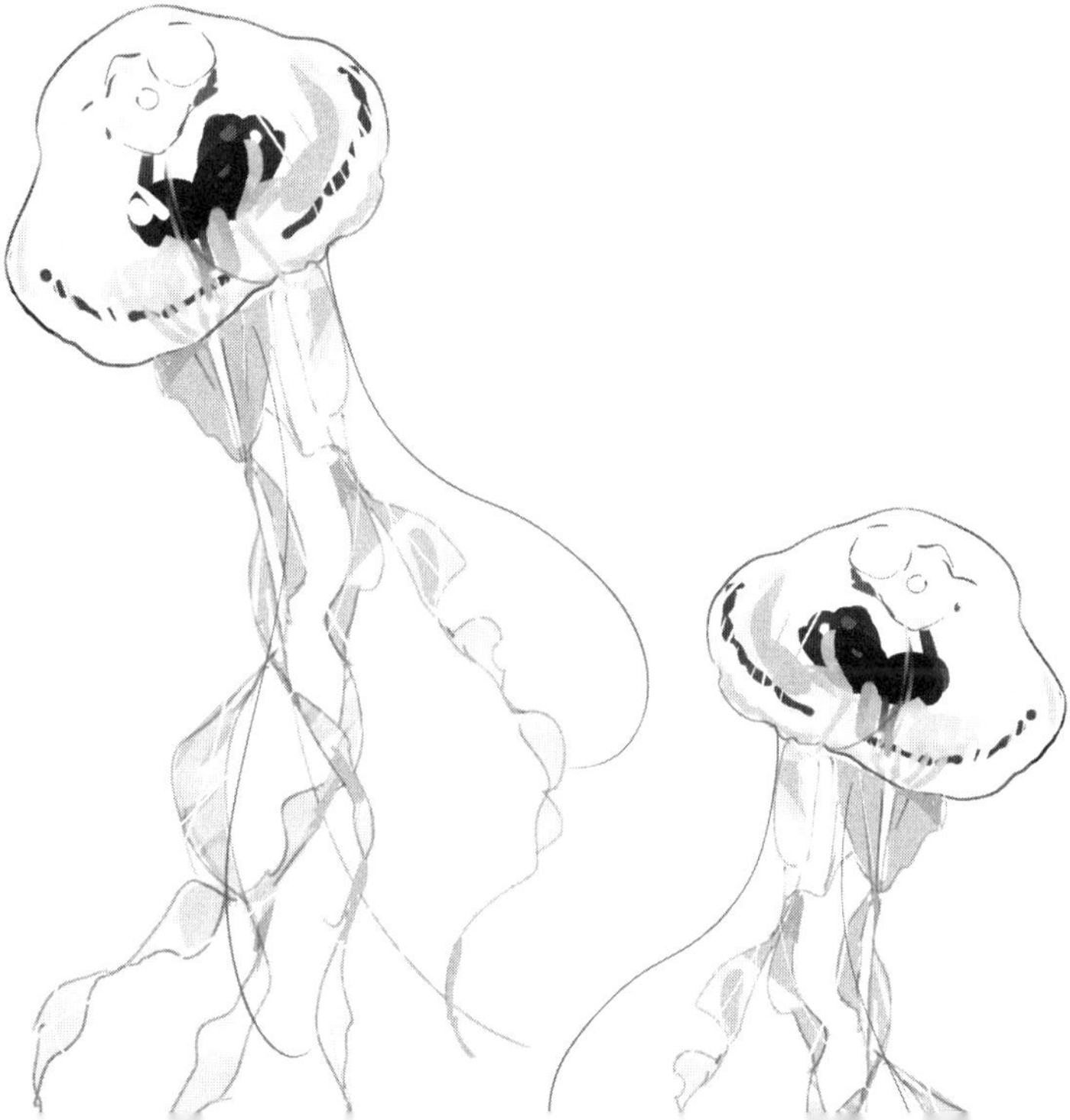

side志倉柚葵《しくらゆずき》

その瞬間、心の底から〝しまった〟と思った。

窓から見える桜を見下ろしながら廊下の角を曲がろうとしたのがいけなかった。前方からやってきた生徒と、不注意で思い切りぶつかってしまったのだ。

しかし、私が今顔面蒼白になっている理由はそこじゃない。

問題なのは、ぶつかった相手だった。

まさか、ずっと密《ひそ》かに絵のモデルにしていた陸上部のエース——成瀬慧《なるせけい》君と衝突《しょうとつ》してしまうなんて。

弾《はず》みで落としてしまったスケッチブックを急いで拾おうとするけれど、春の風がいたずらに紙をめくる。

一見冷たく見えるほど端正《たんせい》な顔立ちの成瀬君は、勝手に描かれた自分の絵を見て、思い切り固まっている。

……終わった。怒られることを覚悟してじっと成瀬君の様子を見守る。

だけど、彼は怒るでも気持ち悪がるでもなく、予想外の反応を私に見せたのだ。

「なんでだよ……」

静かなつぶやきとともに、ガラス玉のように美しい琥珀《こはく》色の瞳《ひとみ》から、ぽろっと一粒の涙が溢《あふ》れる。

驚いて、え……？と、思わず心の声が顔に出た。

成瀬君は、この学校で一番有名な人。だけど、心ここにあらずなときもある不思議な人。

そんな成瀬君の美しい涙を……私だけが見てしまった。

それは、桜が綺麗《きれい》なある放課後の、出来事だった。

○

春は、光からやってくるらしい。

昼間の時間が長くなり、太陽の光で空が明るくなる頃を、光の春と呼ぶのだと、美術部の顧問の先生が教えてくれた。

眩《まばゆ》い光の春がやってくると、雪が解《と》けて水になり、増水した川が勢いよく流れゆく音が聞こえる。自然は耳からも春の訪れを知らせてくれる。

そうしてようやく気温が上昇し、シャツ一枚でもちょうどいいくらいの暖かさになると、人は〝春〟を全身で感じるものなのだと。

自分の目には、光や音や気温がどんな色で映るのか、それを考えて絵を描くことは楽しいよと、美術部顧問の先生はアドバイスしてくれた。

春は光。その言葉を聞いて、私は真っ先にとある人物が浮かんで、その人が走る姿《すがた》と、背景に桜《さくら》の木を描くことを数日前に決めた。

そうして美術室にひとり残り黙々《もくもく》とスケッチを続けていたら、とっくに十七時を過ぎていて、いつも一番帰りが遅い野球部ですら校庭にいないことに気づいた。

まずい。すっかり集中しすぎてしまった。

今日は妹にグラタンを作ってあげる約束だったのに、絵に没頭《ぼっとう》してしまうとあっという間に時間が過ぎていく。

慌てて道具を片付けて、イーゼルを端に寄せ、鞄《かばん》の中に私物を詰《つ》め込むと、私は先生から預かっていた古い鍵《かぎ》で戸締《とじま》りをした。

たったひとりの美術部員である私は、この前〝美術室の亡霊《ぼうれい》〟というあだ名をつけられていることを知った。

そこそこ進学校であるこの高校は、文武両道を校訓として掲げているため運動部にかなり力を入れている。とくに、陸上部は強く、昨年はインターハイ優勝の生徒を輩《はい》出《しゅつ》し、しばらく取材が入ったほど有名だ。

定年間近の穏やかなおじいちゃん先生が顧問の美術部は、タフな生徒が集まったこの高校では不人気で、誰の視界にも入らず、ほぼ廃部状態となったのだ。

そういうわけで美術部の存在を知る生徒自体少なくなり、放課後美術室に現れる私は亡霊となった。

たしかに、前髪は無駄に長いし、顔色も青白いし、最近まで保健室登校だったし、そのあだ名は的確すぎる。

一度だけ、見知らぬ生徒に美術室を覗《のぞ》かれ、いつもここで何をしているのかを聞かれたことがあるが、私は何も答えなかった。

……正確には、答えようとしたけれど、答えられなかったのだ。

私は、この学校の中では、声を出すことができないから。

〝場面緘黙症《ばめんかんもくしょう》〟を発症してから、もう七年が経《た》とうとしている。

家の中では普通に話すことができるけれど、学校では話すことができない。学校以外の場所でも、声を出しにくい。周囲には理解しがたい症状であることは、この数年で何度も実感してきた。

声を出せないことによって辛《つら》い経験もあったけれど、今までの保健室登校をやめて、明日からは、教室に混ぜてもらうことになっている。

それにしても今日は風が強い。もうそろそろ、桜全部散っちゃうなぁ……。

この高校で桜を見るのは二度目だ。スケッチブックを胸に抱《かか》えながら、廊下から窓の外を眺める。桜の木は、少しずつ枝に緑色の面積を増やし、静かに芽吹《めぶ》きはじめていた。

幹《みき》の周りに、桜の絨毯《じゅうたん》ができている様子を見下ろしながら、角を曲がろうとした次の瞬間、突然大きな衝撃を受けた。同時に、手に持っていたスケッチブックがバサッと仰向けの状態で床に落ちる。

――ぶつかった生徒を見て、私は心の底から〝しまった〟と思った。

少しだけ茶色がかった色素《しきそ》の薄い髪と瞳に、陶器《とうき》のように透《す》き通った肌《はだ》。そして何より、シャツ越しでも分かる骨格《こっかく》の美しさ……すべてに見覚えがある。

昨年のインターハイ優勝者である成瀬慧が、今目の前にいる。

こんなに近くで成瀬君を見たことなんてもちろん初めてで、一気に心拍《しんぱく》数が上がっていくのを感じた。彼は、校内でも芸能人級に有名で、取材でテレビにも出たことがある存在だ。

風のように駆《か》ける姿が綺麗で、絵に描いてみたいと、初めて心の底から思った相手だった。絶対に成瀬君と接触することはないと思って、走る姿を目に焼き付け、こそこそとスケッチを続けていたというのに。

思わず、間近で見る成瀬君の美しさに驚き固まっていると、妙《みょう》に色気のある半月型の瞳とバチッと視線が重なり合った。まずい、つい見すぎた。

ぼうっと見惚れているうちに、開けっ放しだった窓から吹き込んだ風が、パラパラとスケッチブックをめくってしまった。

最悪だ――、と心の中で思わず嘆《なげ》く。

しかも運悪く、ちょうど、成瀬君をスケッチしていたページが開かれた状態で、風がやんだのだ。

すぐに回収しようとしたけれど、その前に、長い指が私のスケッチブックを拾い上げてしまう。

見知らぬ女が勝手に自分のスケッチをしているなんて知ったら、気持ち悪がるに違いない。けれど、声に出して弁明《べんめい》することも今の私にはできない。

恐る恐る成瀬君の言葉を待っていると、彼は意外な表情を浮かべていた。

「なんでだよ……」

なぜか成瀬君は、彫刻《ちょうこく》のように美しい顔を崩さないまま、ぽろっと一粒の涙をこぼしたのだ。

わけが、分からない。泣くほど嫌だったのだろうか。それとも、当たりどころが悪くどこかを痛めてしまったのだろうか。

亡霊扱いされている私のことなんて、彼が知る由《よし》もないのに、どうして切なげに私のことを見つめているのか。

初めてこんなに近くで見たけれど、やっぱり綺麗な人だ。今そんなことを思うのは不謹慎かもしれないのに、尚見惚れてしまう。

どうすることもできずに固まっていると、成瀬君はスケッチブックをそのまま私に突き返し、何も言わずに立ち去っていった。

いったい、何だったのだろう……？


私が成瀬君と接触したのは、この日が初めてのことだった。

その後、同じクラスだったことが分かるけれど、彼と交わる機会は当たり前のようにしばらくの間訪れない。

私は、成瀬君が涙する姿が頭の中にこびりついたまま、数日過ごすことになるのだった。

第一章

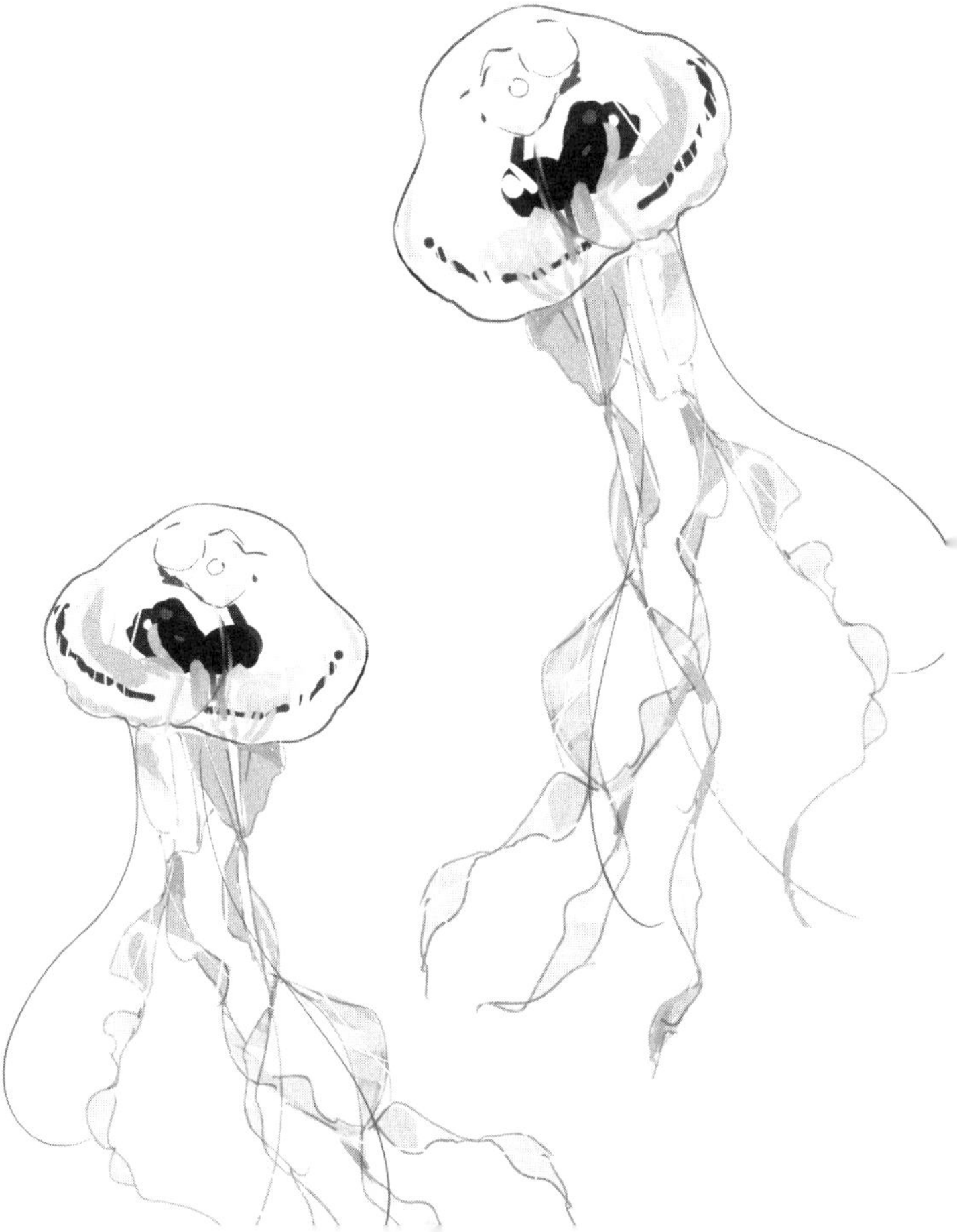

はじめまして

side志倉柚葵

みんなが二年に進級するタイミングから少しだけ遅れて、私は普通クラスにドキドキしながら混ざった。

幸い、クラス替えがあったのと、もともと生徒数が多い高校なので、知らない人が混ざってもそこまで注目されることはなく、一日を静かに過ごしている。

場面緘黙症に対する説明は、担任の先生から少しだけ行われた。

『志倉さんが話せなくて困っていたらフォローしてあげるように』と付け足され、その時ばかりはさすがに注目を浴《あ》びたけれど、数日経つとすっかりみんなは私の存在など忘れていた。

それでよかった。へたに気を遣われるよりもずっと気が楽だ。私にとって、他人から注目を浴びることが、この世で一番の恐怖だから。

そんな空気的存在の私とは反対に、あの日なぜか涙していた成瀬君は、常に注目を浴びている。

いつも気怠《けだる》そうにしているのに、走る時は急にスイッチが入ったように鋭《するど》い表情になる。成績も優秀で文武両道《ぶんぶりょうどう》。

あんなに完璧《かんぺき》な人の涙を、なぜ私なんかが見てしまったのだろう。

改めて不思議に思いながら、私はホームルームが終わると同時に鞄を持って校門へと向かった。

今日は外で待ち合わせている人がいるのだ。

「柚葵！　こっちこっち」

校門の前に立っていたのは、深緑《ふかみどり》色のワンピースという、少し特徴的な制服を着たショートカットの女の子だ。

私も手を振り返し、小走りで彼女のもとへと向かう。

彼女——美園桐《みそのきり》は小学生の頃からの友達で、声を出せていた時の私を校内で唯一知っている人だ。

気が強くサバサバとした性格の桐は、自分にないものをすべて持っているので、話していて楽しい。

桐は、声を失った私のたったひとりの、大切な友達だ。

「今日は駅前のケーキ食べに行こう！　苺《いちご》の期間限定メニュー今日までなんだって」

眩《まぶ》しい笑顔にこくこくと頷《うなず》きながら、私はスマホに打ち込んだ文字を彼女に見せる。

【私も楽しみ。たくさん食べたい！】とケーキの絵文字付きで見せると、桐は「もちろん！　混む前に早く行こう！」と私の背中を急《せ》かすように押した。

しかしその時、急に何やら背後が騒《さわ》がしくなり、私も桐も驚いたように校舎を振り返る。

なんと、ジャージ姿の男子生徒が、成瀬君の胸倉《むなぐら》を掴《つか》み上げ、怒声《どせい》を飛ばしていたのだ。

「おい成瀬！　インターハイ予選蹴《け》って部活辞めるってどういうことだよ！　そんなの許さねぇからな」

え……？　あの絶対的エースの成瀬君が陸上部を辞める……？

信じられない言葉が聞こえて、私は思わず彼らの会話に耳を傾《かたむ》けてしまう。

周りの生徒たちもざわついており、口々に「どうしたんだろう」、「走る姿見れなくなるなんてショック」などと話している。

しかし、動揺する生徒たちや、顔を真っ赤にして怒る部員とは反対に、成瀬君は眉《まゆ》をピクリとも動かさずに涼《すず》しい顔だ。周りの生徒がコソコソと「三島《みしま》のやつ、いつも成瀬に負けてたもんな」と会話をしているのが聞こえた。

「俺が辞めて、何か困ることでもあんの？」

「ふざけんなよ成瀬！　お前、怪我《けが》したわけでもねぇのに、逃げんのか！」

ぐっと再び首元を掴み上げる、三島君という名の部員。周りの生徒もさすがに危ない空気を察して、誰かが教師を呼びに行った。

しかし、成瀬君は面倒そうに大きなため息をついてから、冷たい瞳を三島君に向けた。

「内心、繰り上げで予選参加できてラッキーだと思ってるくせに、芝居くさいんだよ」

「お前……！」

三島君が思わず右手を振りかざしたその時、陸上部の顧問が焦《あせ》った様子で走ってきた。

そのまま三島君だけ取り押さえられ、成瀬君は顧問にも三島君にも目を向けずに、そのまま裏門から出て行く。

成瀬君、部活辞めたんだ……。

彼の走る姿が大好きだったから、かなりショックだ。いったい、何があったのだろう。

もしかして、あの時泣いていたのは、部活が関係していたのだろうか。

数週間前のことを思い出して不安げな顔をしていると、なぜか隣にいた桐は顔面蒼白《がんめんそうはく》となっていた。

「襟《えり》掴まれてたアイツ、何て名前……？」

どうしてそんなことを聞くのだろう、と不思議に思いながらも、【成瀬君。下の名前は慧だよ】と打つと、ホッとした顔をする彼女。

誰かと勘違《かんちが》いしたのだろうか……？

桐は「ごめん、なんでもない。行こう」と、誤魔化《ごまか》すように笑う。

何か言いたげな彼女に疑問を感じながらも、駅前の人気カフェへと向かったのだった。

○

成瀬君が陸上部を辞めたことは、じわじわと大きなショックへと変わっていった。

私なんかより衝撃を受ける人はたくさんいるだろうけれど、あの美しい骨格を美術室から眺めることがもうできないのかと思うと、残念な気持ちでいっぱいになる。

成瀬君以上に描きたいと思える人物に、いまだに出会えたことがないのに。

落ち込みながら家のドアを開けると、バタバタと大きな足音が聞こえて、小さい何かが私の腰《こし》に引っついてきた。

「柚ねぇ、おかえり！」

「ただいま、巴《ともえ》」

飛びついてきたのは年の離れた妹、巴だ。

まだ小学一年生だけれど、私が外ではうまく話せないことはなんとなく理解してくれている。

そして、この玄関が、私の声帯《せいたい》の境目だ。

安全領域に入ったと脳《のう》が判断したその瞬間、するりと声が出てくる。

こんな風に会話をしている様子をクラスの誰かが見たら、場面緘黙症はただの甘えだと思われてしまうかもしれない。

私だってみんなと話してみたいけど……、〝学校〟という場所が、私の喉をぎゅっとねじ切るように押さえつけてしまうんだ。

二年生になって、勇気を出して保健室登校をやめてみたけど、この行動が吉《きち》と出るかどうかはまだ分からない。

「柚葵、おかえりなさい。もうご飯できたからね」

「ありがとう。もうお腹《なか》ペコペコだよー」

「桐ちゃんとケーキ食べてきたんじゃないの？」

「デザートは別腹《べつばら》だもん」

体に引っついてくる妹を何とか剥《は》がして、洗面台へと向かう。

家族とは外で話せることもたまにあるため、両親に自分の症状を知られたのは、発症してから半年経った後だった。

原因は、恐らく〝学校内でのストレス〟だろうと、お医者さんに説明を受けた。

たしかに、いじめのようなものを受けてから、だんだんと声が出せなくなっていたかもしれない。防衛本能《ぼうえいほんのう》が働いたのか分からないが、当時の記憶はおぼろげだ。

当時の私は小中高一貫の私立小学校に通っていたけれど、両親と相談し、中学からは公立へ通うことになった。

両親は、私の症状に気づけなかったことを責めていた時期もあったけれど、今は家族みんなでいろんなことを受け止めて、日常を続けているつもりだ。

「うわーっ、からあげ美味《おい》しそう」

「柚ねぇに、巴のミニトマトあげる」

「あー、好き嫌いすると大きくなれないんだよ？」

ダイニングテーブルに集まり、私と巴は席に着いた。

父親は今日は帰りが遅く、食事は別になるとのことだった。

母親は山盛りのからあげをテーブルに運んできて、「いただきましょう」と声をかけた。みんなで「いただきます」と手を合わせて、揚《あ》げたてをひとつ口に運ぶ。

「熱々で美味しいーっ」

「さっきまで一緒だったなら、桐ちゃんも夕飯誘えばよかったのに」

「誘ったんだけど、今日はお稽古《けいこ》があるんだって」

「お嬢様だもんね。忙しいのねぇ」

桐のおじいちゃんは、私が通っていた私立小学校の学園長だ。

そのせいで、桐は少しクラスメイトに煙《けむ》たがられている時期があった。

私たちが仲良くなったのはちょうどその時期で、周囲を気にせず思ったことをなんでも言える桐が、なんだか魅力的《みりょくてき》に思えて、ずっと一緒にいるのだ。

昔を思い出しながらも、からあげを巴と一緒に夢中で頬張《ほおば》っていると、母が心配そうな声で問いかけてきた。

「保健室登校急にやめるって言った時は驚いたけど……、学校はどう？　辛くない？」

「うん、うまく教室の空気になれてるよ」

「空気って、それは……柚葵にとってはいいことなのかしらね……？」

クスッと笑うお母さんを見て、逆に妹は真剣な表情になる。

「柚ねぇ！　クラスにいじわるな子がいたら、巴がやっつけてあげるからね！」

「大丈夫だよ、お姉ちゃんだって結構気強いんだから。それに話せなくても目で念力《ねんりき》飛ばせるし！」

冗談っぽく、眉を寄せて巴を見つめると、彼女はきゃっきゃっと楽しそうに笑った。

「でもたまに、柚ねぇの表情で何考えてるか分かるようになってきたよ！」

「ほんとに？　そんなに顔に出てるかなあ」

こんなに幼い妹にまで心配をかけてしまい、本当に申し訳ないなと思う。

でも、家族や桐、大切な人とだけはこうしてちゃんと話せているのだから、現状は何も問題はない。

自分の世界はこれ以上広がらない——。ただ、それだけの話だ。

「クラスに何か面白そうな人はいた？」

妹とじゃれていると、いろんなことを聞きたそうな母親が、次いで問いかけてきた。

その質問に、私はある人を瞼《まぶた》の裏に浮かべる。

「いるよ。走るのがすっごく得意な人。芸能人みたいに有名なの」

「へぇー、あの高校、陸上部強いって有名だもんねぇ」

母親が興味ありげに目を輝かせる。

「でも、部活辞めちゃうんだって」

「あらそうなの、それは残念ね」

「うん……、すごく残念」

もう少し、彼の走る姿を見てみたかった。

そんなことを思う人は、私以外にもきっとたくさんいるだろう。

でも、私は彼の涙を知っている。

きっと誰にも話したくない悲しいことや、自分の力では抗《あらが》えないようなことがあったんだろう。

私はその気持ちを、少しだけなら経験したことがあるから、彼に「辞めないでほしい」なんて、絶対に言えない。

自分だけではどうにもできないことなんて、この世界にはたくさん溢れているのだから。

透明人間

side成瀬慧

四月上旬。その日、俺は何もかもすべてどうでもよくなっていた。

理由は、〝人の心が読める〟という、持って生まれた奇妙な能力のせいだった。

物心ついた頃からあった能力は、亡き曾祖父《そうそふ》譲りだという。

母親自身も最初は信じがたいと思っていたようだが、自分の祖父は著名な水彩画家なのに、一族の間ではなぜかずっと〝心読《こころよ》み〟と、化け物扱いされて過ごしていたことを思い出し、点と点が繋がったらしい。

事実、一族は曾祖父の築いた財産をもとに商売を始めた恩があるというのに、曾祖父を特別扱いするふりをして遠ざけていたとか……。

曾祖父が生まれる以前にも、先祖の中にそのような能力を持っていた人がいたという記録が残っていたようだけれど、当時の成瀬家では曾祖父だけがその力を持っていた。

うつる病気なのではないか、とあらぬ噂《うわさ》も立てられ、親族間で距離を置かれた曾祖父は、自分の妻が死んだ後もずっと自室で静かに余生《よせい》を過ごしたらしい。

まさかそんな奇病を、自分の息子が発症してしまうなんて――そんなこと、母親は思ってもみなかったのだろう。

何度も〝思い込みだ〟と言い聞かせたけれど、次々に心の内を言い当てる俺を見て、両親は絶望した。

幼い頃は、他の人間も自分と同じように心の声が聞こえていると思っていたから、読心《どくしん》への罪悪感もなかったのだ。

成長するにつれ、両親は『絶対に外で人の心を読み上げたりするな』と強く言うようになった。『目立たずに生きていけ』とも。

普通の人間は他人の感情なんか読めないし、読めないからこそ人は一緒にいられるのだと理解したのは五歳の頃だ。

そんな当たり前の関係性を壊してしまえる自分は――、どう考えても〝異質〟。

両親は次第《しだい》に、俺に感情を読まれることを恐れ、家の中でも極力距離を置くようになった。もし俺の能力が一族に知られたら、縁《えん》を切られる可能性もあると両親は怯《おび》え、俺は親族とほとんど顔を合わせたことがない。

しかし、汚い感情も醜《みにく》い感情もすべて聞こえてしまうこの世界で、唯一《ゆいいつ》頭の中を真っ白にできる瞬間があった。

それが、走っている時だった。

地上を駆ける時だけは、自分の吐息《といき》と、鼓動《こどう》だけが聞こえてくる。隣で走る選手の声が聞こえないくらい距離を離して、もっともっと速く進め――。

心の声から逃れるように走っていると、ぐんぐん成績は伸び、周りから期待されることに喜びを感じ始め、出るつもりのなかった大会にも興味を持ち、高校一年生でインターハイ優勝という結果を残すところまできた。

一年生が大会新記録で優勝した、ということで世間は騒ぎ、何度かインタビューを受けた。

息子が目立つことを恐れていた両親だけれど、何か没頭できるものをひとつくらい与えておかないと俺が爆発するとでも思っていたのか、部活動だけは見過ごされていた。

しかし、インターハイ優勝によって、事態は変わっていく。

両親には「おめでとう」と言われたが、本心では快く思っていないことも知っていた。

『優勝なんて目立つことをして……。心読みがバレたらどうなる』

『騒ぎにならないうちに早く辞めさせなくては……』

両親の不穏《ふおん》な心境は分かっていたけれど、まさか昨日、部活を辞めさせるよう、勝手に顧問に依頼しただなんて――。

今朝、両親と顔を合わせた時に、すべてを悟《さと》った。ふたりとも気まずそうな顔をしていた。

俺がこれ以上活躍して目立つのを阻止するために、心臓病《しんぞうびょう》だと偽ってインターハイ予選前に顧問を説得したようだった。

走ることは俺の現実逃避《とうひ》みたいなものだった。風と一体化する瞬間だけ、世界が美しく見えたから。

その現実逃避の方法すら、奪い取られてしまうというのか。

もう、両親に反抗する気力も、残っていなかった。

幼い頃から父に何度も言われていた言葉が蘇《よみがえ》る。

『自分は透明人間だと思って、目立たず生きろ』

『お前は普通じゃないのだから』

それらの呪《のろ》いの言葉は、自分の感情のすべてを殺してしまう。

部活が終わると陸上部の顧問から呼び出された。

『成瀬の両親のお願いで、退部させなければならない。何かあったら責任を取れるのかと言われたらな……。ごめんな』

そう説明された。

もう、何もかもどうでもいい。この先の人生、どうなったっていい。

汚い感情にまみれて、いったい何に希望を持って生きていけばいいと言うんだ。

そして今、顧問に『お世話になりました』と形式上のあいさつだけ済ませて、誰もいない放課後の廊下を歩いている。

本当に透明人間になって消えてしまいたい、と今まで何度思ったことだろう。

『もう……そろ、桜……なぁ……』

その時だった。ふらふらと教室に向かっていると、廊下の先から誰かの心の声がかすかに聞こえてきたのだ。

こんな遅い時間帯に、まだ生徒がいたのか。

驚いたのも束《つか》の間、声の主は思ったよりも近くにいたようで、角を曲がった瞬間思い切りぶつかってしまった。

同時に、バサッと音を立てて何かが落ちる。

——「悪い」、そう謝る前に俺はぶつかった相手を見て、呼吸の仕方を忘れた。

鎖骨まで伸びた透明感のある細い髪の毛、太陽の光を一切浴びていないかのような真っ白な肌に、自信なさげに揺れる黒い瞳。

彼女……志倉《しくら》柚葵も、俺の顔を見たまま、驚いたように固まっている。

彼女は、俺が胸の奥にしまっていた、〝唯一〟だった。

胸の奥にずっとずっと痞《つか》えていた存在。どこかの少女漫画のように、甘ったるい理由では決してない。もっとどろどろとした、扱いづらい感情だ。

どうして今、こんなタイミングで再会するんだ。

どうして、この学校にいるんだ。

転校してきたのか？　それとも、ずっと知らなかっただけなのか。

こんな偶然って、ありなのかよ、神様。

『どうしよう。目が合った。見すぎた……』

すると、どうしてか焦ったような彼女の心の声が流れてきた。

俺のことを覚えているのか？　いや、まさか……。

動揺していると、開いていた窓から突然風が吹き込んできて、彼女が落としたスケッチブックをパラパラとめくってしまった。

「え……」

つい視線をスケッチブックに向けると、俺の走る姿が、信じられないほど優しいタッチで描かれていた。

その絵を見た瞬間、無意識のうちに涙が溢れでる。

「なんでだよ……」

なんで、お前はこんな俺のことを、こんなに綺麗に描くんだよ。

涙を流す俺を見て、彼女はただひたすら心の中で動揺の言葉を並べている。

俺のことが分からないのか。そりゃ……、分かるわけないか。

なあ、志倉。今目の前に、お前にとって一番憎い人間がいるんだぞ。

――お前のその声を奪った相手が、こんなにのうのうと生きてんだ。

志倉が手に持っているそのバッグで、何度思い切り叩《たた》きつけても足りないくらいだ。

まさかこんなタイミングで再会するだなんて……神様に、生きる理由という名目の〝贖罪《しょくざい》〟があるだろと言われているようだった。

ところが、志倉の心は驚くほど澄んでいて、俺に対する怒りの感情なんて一ミリもなかった。

『初めてこんなに近くで見たけど……綺麗な人』

志倉のそんな心の声に、俺は何も言えなくなる。

なんでだよ。綺麗なわけないだろ。

理解不能な涙が出てくる。

混乱した俺は、逃げるようにその場を立ち去った。

志倉の描いた俺の走る姿は、とてもまっすぐで、清らかだった。

接触

side志倉柚葵

成瀬君が陸上部を辞めたというニュースは、瞬《またた》く間に全校生徒に拡散された。退部理由は〝顧問と喧嘩《けんか》したから〟とか、〝芸能界にスカウトされたから〟とか、まったく根拠《こんきょ》のない噂つきで広まり、教室の中は三日間ほどその話題で持ち切りになった。

しかし当の本人は『お前らに関係ないだろ』と一蹴《いっしゅう》するだけで、何も語らない。

彼の冷たい態度を見て、次第にこの話題に触《ふ》れる生徒は減っていき、季節は移ろいで五月になった。

この高校では、六月に文化祭がある。

一般公開もされる大きな文化祭なので、楽しみにしている生徒も多く、どことなく教室内にそわそわとした空気が流れはじめている。

〝簡単にできて原価が安いから〟という理由で、うちのクラスはタピオカ屋をすることになった。

そして今、係分けのくじ引きがちょうど終わったところ。

昔からずっと、こういう〝チーム決め〟の瞬間が大嫌いで、自分がいることでみんなをがっかりさせてしまったらどうしよう、という気持ちになる。

ゆっくりと四つ折りにされた紙を広げると、〝買い出し〟と書かれていた。

「私買い出し班だー、南《みなみ》は？」

「えー、私も麻美《まみ》と一緒で買い出しがよかったなー。小道具とか面倒くさー」

近くからそんな会話が聞こえて、咄嗟《とっさ》に「私のくじと交換しますか？」と申し出たくなったけれど、声が出ない。

ショートボブが似合う南さんはリーダー的な存在で、際立《きわだ》って美人でクラス内でも目立っている。ちなみに〝南〟は下の名前ではなく苗字だ。いつもおしゃれで、インナーカラーの金髪が似合っていて、SNSの公式インフルエンサーとして写真投稿しているとも聞いたことがある。

いつ見ても美しく、艶《つや》やかなボブは彼女の卵型《たまご》の輪郭《りんかく》にすごく合っている。

南さんの整った横顔をいつか描いてみたいと思うほどだ。

コミュニケーションが必要そうな買い出しは、ハードルが高く感じるので、喜んで代わってあげたいのだけれど、どう伝えたらいいのか分からない。

買い出し班は、どうやら私以外は彼女の仲良しメンバーのようだった。

南さんは綺麗な髪を触《さわ》りながら、「誰かかわってくれないかな」と、あぶれてしまったことを嘆いている。

黒板に書き出された面子《めんつ》を見ると、抜けてもよさそうな〝誰か〟は、どう考えたって私しかいない。

「志倉さんて誰だっけ……って、あ、話せない子か」

「バカ南、声でかいって」

小声でそんな会話が聞こえてきて、きゅっと胃《い》が痛くなる。

ふたりの気遣ったような視線にどっと汗が吹き出てくる。

交換しましょうか、と、たった一言伝えればいいだけなのに、いろんなことを考えすぎてしまって文章がまとまらない。

急にスマホ画面を見せて驚かれないだろうかとか、どんな文章にしたら気を遣わせずに済むだろうかとか、変に思われることが怖くていくつもの不安が浮かんでくる。

普通の人にとってなんてことないコミュニケーションが、とてつもなく難しく感じる。

さらに、学校の中だと言葉を入力するスピードすら不思議と遅くなってしまうのだ。

指が固まって、動かなくなって……。

意志を伝えたいけれど、逆に〝聞こえないふりをしてスマホをいじっている〟と思われたらどうしよう――そんな不安が過《よぎ》ると、ますます指先が固まってくる。

フリック操作なんて家ではたやすくできるのに、どの文字がどこにあるのか、頭の中が真っ白になって見つからない。

焦りの感情でいっぱいになっていると、ふと突然、視界が暗くなった。

「その紙ちょうだい」

ぶっきらぼうな言葉が頭の上に降ってきて、驚き顔を上げると、成瀬君がいた。そして、私が隠すように持っていたくじを強制的に奪い取る。

私のくじを持ったまま、成瀬君が南さんたちのそばに寄ると、彼女たちは一気にテンションが上がった様子になった。

「南。くじ見せて」

「え、なになに突然。成瀬はなんだったの？」

「小道具」

「え、成瀬、私と一緒じゃん。よろしくね！」

南さんは、さっきまでの面倒そうな表情とは反対に、パッと明るい表情になる。

しかし、成瀬君は一切反応せずに、私が持っていたくじと南さんのくじを取り替える。

南さんは困惑したような表情を浮かべ、小さく「え……？」と声を漏《も》らしたが、成瀬君は一切顔色を変えずに、当然のように「これとかえて」と言った。「え、何これ、誰のくじ……」

「そっちの方がお前も気楽だろ。よろしく」

戸惑《とまど》っている南さんの反応をまるで無視して、成瀬君は再び私のもとへやってくる。

何に緊張しているのかは分からないけれど、バクンバクン、と心臓が大きく高鳴っている。

うつむいたまま固まっている私の机の上に、成瀬君が無言で〝小道具〟と書かれた紙を置いた。

南さんのくじと引き換えに、私は成瀬君がいる小道具チームに移動することになった。

なぜ、そんな面倒なことを成瀬君がしたのか、正直まったく分からないが、助かったことは事実だ。

もしかして、困っている私を見て助けてくれた……？

彼の行動に内心驚きながらも、ぺこっと頭を下げると、冷たい言葉が降ってきた。

「ああいう時は、空気読めよ」

あ、そういうことか……。

尖《とが》った言葉に、私は少ししゅんとする。

私だって、空気を読んで交換してあげたかったけれど。

膝上《ひざうえ》で制服のスカートをぎゅっと掴んで、悔しい気持ちを静かにのみ込む。

「あの班のままでいたら辛いの、自分だろ」

え……？

思いがけない言葉に驚くと、成瀬君はパッと私から目を逸《そ》らして、小道具班の招集をかけていた。

○

班が決まってから一週間が過ぎ、小道具班も放課後の時間を使って準備を進めることになった。

「成瀬、ペンキ持ってきたぞー」

「そこ、スペース空《あ》けておいたから置いといて」

「成瀬ー、この後骨組み作り組と、色塗り組に分かれるんだっけ？」

「そう。その方が早く終わる」

普段多くを話さないくせに、成瀬君は人をまとめるのがうまい。

そのままの流れでさっそく小道具作りが始まったが、あっという間に作業分担がなされ、私は成瀬君と一緒に看板《かんばん》の下地をミントグリーン色に塗る役目になった。

新聞紙を敷《し》いた床に直接座って、色塗りの準備を進める。

「ミントグリーンって何色混ぜたらいいんだ？」

成瀬君がしかめっ面でつぶやいたのを聞いて、私は緊張しながらも、そっと絵筆を取り、ぐるぐるとパレット上で絵具《えのぐ》を混ぜていく。

少なめのブルーとイエローを混ぜて、そこにホワイトを足して淡《あわ》さを出すと、ミントグリーンができる。

「へぇ、ブルーが必要なんだ」

感心したような成瀬君の声に、小道具班のメンバーも周りに集まってくれて、「もうちょっと淡くしたい」などと指示を出してくれた。

私は言われたとおりにホワイトを足して、ぐるぐると色を混ぜていく。

ちょうどいいとみんなに言われたところで、私は安堵《あんど》してため息をついた。

初めてクラスの人とコミュニケーションが取れた気がする。少しだけ嬉《うれ》しく思っていると、成瀬君が突然私の髪に触れた。

「髪、危ない」

髪の毛が、ペンキの中に浸《つ》かりそうになっていたのだろう。

突然触られて驚いたが、成瀬君も少し焦っている様子で、私はその反応にさらに動揺してしまった。

私の髪の毛くらいで……という気持ちになる。

私は何も言葉を発していないのに、彼はどうしてこんなに人の感情に、敏感《びんかん》でいられるんだろう。不思議に思いながら、〝ありがとう〟の意味を込めて頭を下げる。

成瀬君は取っつきづらい時もあるけど、いつもみんなの注目を浴びていて、私なんか視界に入れる余地もないと思っていた。

だけど、取りたいと思っていたペンキをさっと渡してくれたり、コミュニケーションが難しい時にすぐ間に入ってくれたり……。

まるで私の声が透けて見えているかのようだ。

成績優秀で運動神経抜群でスタイルもよくて、加えて気遣いもできるだなんて、神様が贔屓《ひいき》しているような人間もいるんだなと、ただただ感心する。

完璧な彼だから、あの日の涙のことは、きっと触れてほしくないだろう。……私もそっと、胸にしまっておこう。

そんなことを思っていると、買い出し班である南さんたちが教室に戻って来た。

「成瀬ー、画用紙買ってきたよ」

「どうも」

成瀬君はぶっきらぼうな態度は相変わらずで、会話のキャッチボールを続ける気がまるでない。

そんな態度にも怯《ひる》まず、南さんは成瀬君の頬にピトッと何かを当てた。

「あとこれ、成瀬がいつも噛《か》んでるガム！」

「……お前これ、予算で買ったの？」

「いいじゃん、これくらい。バレないっしょ？　みんなには別のお菓子買ったし」

「いや、普通に買うわ。金渡す」

「何それ、いいのに」

「いくらだった？」

ボトルガムを受け取り、成瀬君はお金をすぐに南さんに渡した。

南さんはにっこり笑って、「成瀬って意外と真面目なんだ？」と茶化すように言い放ってから、突然私に視線を向ける。

私はドキッとして、思わずうつむいたが、つむじに向かってひしひしと視線を感じ取った。

「志倉さん……だっけ？　成瀬と最近仲良し？」

咄嗟にふるふると首を横に振る。

当たり前だけど、仲良しなわけじゃない。きっと成瀬君はできる人だから、できない人をほっとけないだけだ。

「もしかして、成瀬となら話せるの？」

そんなわけない。どうしてそんな風に思うのか。

南さんの真意が分からないまま、私は再び、首を横に振る。

「いいね、その、守ってあげたくなる感じ？」

「おい」

——たった二文字。だけど、とてつもなく機嫌が悪そうな成瀬君の低い声は、あたりの空気をピリッとさせるには十分だった。

驚いて顔を上げると、南さんも目を丸くして、成瀬君のことを見つめている。

「無駄口叩かずに、持ち場戻れよ、南」

「……はーい、成瀬先生」

彼女は敬礼《けいれい》のポーズを取ってその場を和ませてから、自分の班のもとへ向かう。

さっき、南さんが言った〝守ってあげたくなる感じ〟というのは、〝か弱いアピールしている〟のと同じニュアンスであることは、なんとなく分かった。

自分は、〝弱い人間〟だからと甘えている——。

それが周りのみんなをイラつかせていることは、十分分かっている。今までも何度も経験してきた。

——『病弱アピールをするな』『本当は話せるくせに』

だからずっと、静かに保健室登校してきた。でも、少しだけ変わりたいと思って、勇気を出した。

自分が自分を一番許せないよ。この七年間、ずっと。

でも、小学生時代の過去が私のことをずっと縛《しば》って、何をどうしても喉《のど》に力が入らないんだ……。

自分でもどうにもならない痛みを、他人に分かってもらうことは不可能だ。分かっている。

なのにどうして、私はまだこんなことでいちいち傷ついているんだろう。情けない。

ぎゅっと目を瞑《つむ》り恥ずかしさに耐えていると、成瀬君が急にじっとこっちを見てきた。

「スマホ貸せ」

なんで、スマホ……？

「すぐ返すから」

戸惑っている私から強引にスマホを奪い取ると、成瀬君は勝手にメッセージアプリのアカウントを交換し始めたのだ。唖然《あぜん》と見ていると、スマホがすぐに私のもとへ返された。

さっそくメッセージが届いて、スマホが震《ふる》える。こんなに目の前にいるのに、文字で成瀬君の言葉が届く。

【今、どんな気持ち？　南に何て言いたい？】

そんなメッセージがぽんぽんと送られてくる。

そうか。こうしてコミュニケーションを取るためにわざわざ交換してくれたんだ……。

私は戸惑いながらも、【とくに何もないです】と返す。

だって、本当に何もない。私が南さんの立場だったら、暗くてしゃべらない人間のことなんて分からないし、何が正解とかでもない。どう思おうと、人の感情は自由だ。

【思うのは自由だけど、言っちゃダメなことはあるだろ】

その返事を見て、私はしばし固まる。

心の声に対しての、返事のようで……。

スマホを持ちながら、私は成瀬君の美しい顔を見つめる。

成瀬君は、私のことをまっすぐ見つめている。何かを……探るみたいに。

間を置いて、信じられないメッセージが送られてきた。

【俺、人の心が読めるんだ】

人の心が、読める……？

信じられない情報を得て、頭の中が、本当に真っ白になった。

驚く私を見つめたまま、成瀬君は眉ひとつ動かさない。
その表情を見て、嘘《うそ》を言っているわけではないことを、私は一瞬にして悟った。
――これは〝冗談〟ではない。
なぜか私は、本当にすぐ、そう思えたのだ。

全部あげる

side成瀬慧

【俺、人の心が読めるんだ】——。

そうメッセージを送った時の志倉の様子は、石化《せっか》しているという表現が一番しっくりきた。

両親以外に一度も暴露《ばくろ》したことがない秘密を、今、初めて打ち明けた。

信じてもらえるとか、もらえないとか、そんなことは考えていなくて。

ただ、志倉が自分のことを許せないと思う感情が、胸の中に切なく流れ込んできて、自分のことのように苦しくなってしまった。

反射的に罪滅《つみほろ》ぼしの意識で、志倉のために何かしたいとでも思ったのだろうか。

声を出せない彼女の心の内を聞くことができる自分なら、何かできるかもしれないと。

どこまでも自分本位で、笑えてくる。そんなことできるわけがない。

秘密を打ち明けてからすぐに、ものすごく後悔した。こんな姑息《こそく》な方法で彼女に近づくなんて、許されるはずがないのに。

すぐに冗談だと言おうとしたけれど、彼女は信じがたい気持ちはありながらも、なぜか『成瀬君は嘘をついていない』と確信していた。

……どうしてだ。

どうしてそんなに、人を信じる気持ちを、まだ持っていられるんだ。

〝信じる〟なんて感情、俺に対してだけは、持たないでくれよ。

俺はそれ以上、メッセージを送ることはしなかった。

志倉の中の綺麗な感情と向き合うことが怖くて、逃げたのだ。

○

家に帰ると、母親はいつも一瞬緊張したような表情をする。

俺に読まれたら都合の悪い感情を消すために、慌てて頭を別のことでフル回転させようとしているのだろう。

ダイニングルームに入ると、俺に全神経を尖らせている母親が、こちらを見てニコリと笑った。

「おかえり慧。少し遅かったのね」

「……文化祭の準備があった」

『まだ部活動をしているのかと思った』と聞こえてきたけれど、俺はそんな心の声を知らないふりをして、無感情で答える。

この家は母親側の持ち家で、一般的な家とは違い、〝洋風のお屋敷《やしき》〟と言った方がしっくりくる。〝心を読む能力〟を持った曾祖父の資金を元手に作った繊維製造《せんいせいぞう》会社を、婿養子《むこようし》に入った父親が社長となって継《つ》いだ。

昔は住み込みのお手伝いもいたけれど、祖父と祖母も亡くなったためお手伝いは通い制になり、無駄に広い家で父母と三人暮らしをしている。

ヴィンテージもので重厚《じゅうこう》感ある革張りのソファーが部屋の中で一番存在感があり、テレビの隣の棚には祖母が趣味で集めていたという海外製のアンティーク陶磁器が並べられている。

年季の入った特注のダイニングテーブルの奥には、今時珍しく暖炉《だんろ》があり、床には当たり前のように絨毯が敷かれていて、現代的な家ではない。

「慧の高校の文化祭は華やかで有名だものね」

ワンレンボブの髪で顔を隠して、母親は趣味であるガーデニングの本を片付けるふりをしている。目を合わせない方が感情を読みにくい、という、俺が何年も前についた出まかせを、両親は今も信じ続けている。

嘘をついたのは、家族を思ってのことではなくて、俺にとっても都合がよかったからだ。

本心とちぐはぐなことを言われている時、どんな顔をしたらいいのか、分からないから。

荷物を置いて、制服の上着を脱《ぬ》ぐと、俺はすぐに自分の部屋へと向かおうとした。

しかし、そんな俺を母親が呼び止める。

「慧。部活のことだけど……、退部はお父さんと話し合って、慧のことを思って判断したの。それだけは分かってほしい」

「分かるって、何を？」

「お父さんが顧問の先生に話をしに行ったのは、少し強引だったかもしれないけど、そうしないとあなたは陸上をやめてくれなかったでしょう？」

少し遅れて、言葉とは裏腹《うらはら》な声が聞こえてくる。

『無理やり退部させたこと、怒っているだろうか』

『いつか不満が爆発しないだろうか』

『私たちを憎んでいるのではないだろうか』

まるで、危険生物にどう触れたらいいのか分からず怯えているようだ。

心の声と、取り繕《つくろ》ったうわべの声、そのどっちに俺は言葉を返したらいい？

母親が言いたいのは、〝分かってほしい〟ではなく〝私たちを恨まないで〟ということだ。

母親は、まっすぐこちらを見つめて、俺の返答をどぎまぎしながら待っている。

その目を見ると、自分は化け物なんだろうかと思う。

もしかしたら志倉も、明日から近寄ってこないかもしれない。

……だったら、化け物でもいいかもしれないな。

自分の八つ当たりのせいで、俺は志倉の人生を変えてしまった。死んでも許さないと言われても仕方ないことを、俺はしたのだから。

こんな風に怯えられながら、距離を取ったまま、いつか志倉が俺のことを思い出してくれたら……、その時は必ず、彼女の力になろう。

俺にできることはいつだって、その人の人生から〝消える〟ことしかない。

「もうどうでもいい」

「え……」

「そんなこと、もうどうでもいい」

走ることは、俺の唯一だった。

だけど、もうそんなことはどうでもいいと、諦《あきら》めることでしか受け止めることができない。

ただ走るだけならいつだってどこでだってできるのだから、と。

志倉と再会したことで自分の罪を思い出し、少しでも陸上部に自分の居場所があると勘違いしていたことに失望する。

「慧……」

母親は、〝安心させるような言葉〟を言ってくれなかったことに不安になり、何か言いたげな表情をしていた。

俺はそれに気づかないふりをして、古い螺旋《らせん》階段をのぼり、二階へと向かう。

ベッドとテーブルと本棚以外、ほとんど物がない自分の部屋に入ると、窓際にある椅子《いす》に腰かけ頬杖《ほおづえ》をつく。

最近の家ではあまり見かけない、天井の高さほどある縦長の格子窓《こうしまど》から、月明かりが差し込んでいる。

俺は部屋の電気をつけないまま、夜空をただ眺めた。

そっと目を閉じると、能力のことを打ち明けた時の、志倉の驚いたような表情が瞼の裏に浮かんだ。

――『成瀬君は嘘をついていない』

あんなに動揺していたのに、なぜすぐにそれだけは確信してくれたのか。

どうしてそんなに、心がまっすぐでいられるのか。

彼女の瞳には、いったいどんな風に世界が見えているのか。
……教えてほしい。志倉から見える世界のことを。
そんな風に思うことくらいは、許してもらえるだろうか。
「志倉、柚葵……」
ふと彼女の名前を漏らすと、色褪《いろあ》せることのない記憶が浮かび上がってくる。
彼女の声を聞いたのはもうずいぶん前のことで、どんな声だったかも思い出せない。
五感の記憶のうち、最初になくなるのは〝音の記憶〟だと聞いたことがある。
どうして神様は、人間をそんなつくりにしたのだろうか。
そんな大切なものを、俺は彼女から奪ってしまったのだ。
四月。廊下でぶつかり数年ぶりに再会したあの夜、俺は心の中で何度も叫んでいた。

……許してほしい。
俺の全部をあげるから。俺が君の声になるから。
昔の俺を、許してほしい。
自分本位にも、そう願ってしまったのだ。

第二章

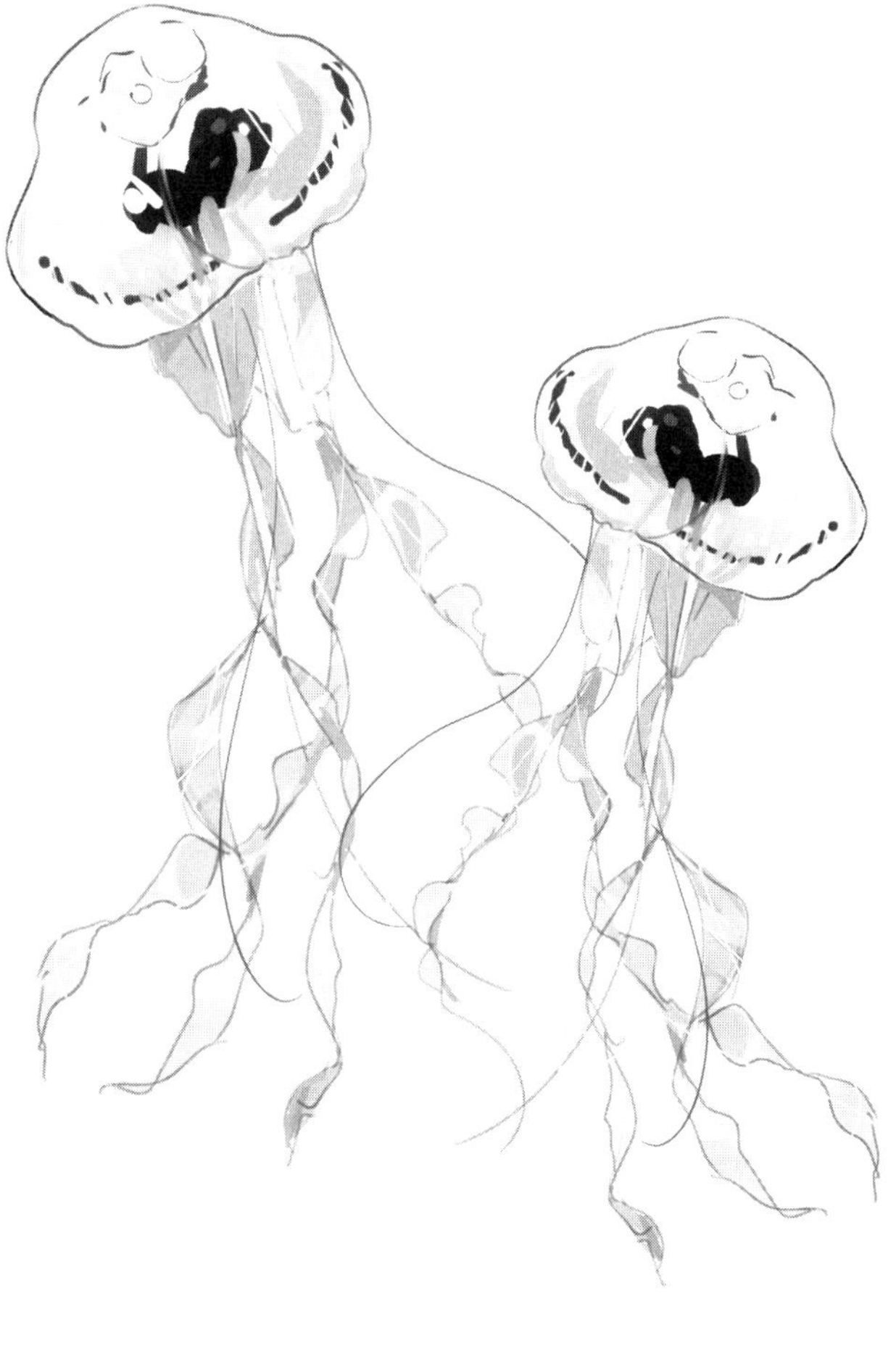

君の秘密

side志倉柚葵

人の心が読める。

そんなこと、ありえるわけがない。

でも、成瀬君がそんな冗談を私に言う理由も見つからない。しかも、あんなに真剣な瞳で。

あの後、彼は何かを後悔したような表情をしていた。

なんだかその表情が、初めて出会った日の弱々しい彼を彷彿《ほうふつ》とさせて、私は頭の中が真っ白になってしまったのだ。

何も返せない私を見つめて、成瀬君はふいと視線を逸らした。

ありえるわけがない。だけど、成瀬君は嘘をついていない。

矛盾《むじゅん》した感情がいつまでもぐるぐると胸の中で渦巻《うずま》いて、私はなかなか寝《ね》つくことができなかった。

次の日、私はどぎまぎしながら教室に入り、成瀬君の姿を探す。

いつ成瀬君にメッセージを送っていいのか。昨日のことは本当なのか。深掘りしてもいいのか。

考えを整理できないまま教室のドアを開けると、成瀬君は今日もクラスメイト数人に囲まれていた。

彼の席は私の席よりずっと前なので、うしろ姿しか確認することができないけれど、きっと今日も気怠そうな、クールな表情をしているのだろう。

私はふとあることを試したくなった。

もし、彼が本当に心を読むことができるなら、心の中で念じたことに反応してくれるかもしれない。

ドクンドクン、と勝手に心臓が速く動きはじめて、緊張が増していく。

私は手に汗を握る思いで、ある言葉を胸の中で強く念じた。

【成瀬君。本当に心が読めるなら、右手を上げてみて】

一番うしろの席から、一番前にいる成瀬君へ、そっとメッセージを送ってみる。

すると、彼は友人の話を適当に聞きながらも、すっと右手を軽く上げたのだ。

――嘘だ。本当に？

偶然かもしれない。だけど、こんなタイミングでありえる？

信じられない気持ちでそのうしろ姿を見つめていると、手に持っていたスマホが震えた。

【左手も上げようか？】

成瀬君のメッセージに私は慌てて【信じます】とだけ返した。

この世界には、いろんな人がいるものだ……。

私の小さい脳では、そんな浅い感想しか出てこず、スマホを持ったまま固まっていると、再び成瀬君からメッセージが届く。

【今日の放課後、美術室行っていい？】

そのメッセージを見て驚きパッと顔を上げると、彼は私の方をじっと見つめていた。

能力のことを、詳細《しょうさい》に話してくれるつもりなのだろうか。

どうして私なんかに教えてくれたんだろうか。

他に知っている子はいないのだろうか。

次々浮かんでくる疑問の数々に、私はメッセージを返すことを一瞬忘れてしまう。

【能力のことは、家族以外志倉しか知らない】

私の感情を成瀬君は再び読み取ったのか、とてもシンプルなメッセージを送ってきた。

私はますます動揺してしまった。

今、教室で私と成瀬君がメッセージを送り合い、しかも重大な秘密を共有しているだなんて、いったい誰が想像するだろうか。

抱え切れないほどの疑問を抱《いだ》きながらも彼の秘密に触れたい欲を抑えられずに、【はい】と一言だけ返してしまった。

教室で、一番存在が遠いはずの人と、文字どおり〝心〟で繋《つな》がっているだなんて。

こんな不思議なことが起こること、想像もしていなかった。

○

「じゃあ、今日も遅くならないようにね」

白髪《しらが》が似合う美術部の顧問は、今日もゆるく私に話しかけてから、とくに何も課題を与えずに教室を出て行った。

私はペコッと会釈《えしゃく》だけ返し、窓際にイーゼルを運んで、いつものように大きなスケッチブックを立てかける。

桜の木はもうすべて葉桜《はざくら》になり、夕日が新緑《しんりょく》の向こうで輝いている。

私はあえて教室の電気を消したまま、外の景色をぼうっと眺めていた。

この窓から成瀬君が走る姿を見られなくなってから、もう二か月が経とうとしている。

そして信じられないことに、眺めることしかできなかった成瀬君が、この教室にやってくるというのだ。

緊張して、うまく筆が動かせない。

成瀬君がいつ来るのか気になって、パレット上で絵具を混ぜるばかり。

しかも、今描いている途中の絵は成瀬君が走っている姿で、本人に見られるわけにはいかない。廊下でぶつかったあの日、下絵を見られてしまったのだけど……。

彼が来たらすぐにこの絵を閉じて隠そう。そう考えもしたが、心を読まれてしまうのだから、うしろめたいことは隠しても意味がないのか。

だったらもう、開き直ってこの絵と向き合うしかない。

私は絵筆を取り、彼の透けるような髪の色を再現しようと、そっと淡い茶色をのせた。

水彩画は奥が深い。

光の入り方、影の入り方……、淡い色を重ねるうちに、終わりのない旅がキャンバス上で始まる。

絵を描くことだけは、昔から好きでずっと続けてきた。

願わくは、北海道にある美大に行きたいと思っているけれど、声が出せないことの支障は多少なりともあるだろう。

受験までに少しでも改善したい。そう思って、保健室登校をやめようと決断したのが、昨年の夏だった。

きっかけは、成瀬君がまだ一年生なのにインターハイで優勝したというニュースを、テレビ上で見たからだ。

ひたむきに、何かと戦うように走る姿が美しいと、ずっと思っていた。

スタートの号砲《ごうほう》が鳴った瞬間、急に周りの空気が変わって、ライバルなんか気にせず、自分との戦いだけに集中して走る。

その姿勢はテレビの中でも同じで、常に自分の心だけと戦っている——そんな姿を見て、気づいたら涙が出ていたのだ。

私も、私自身とこんな風に立ち向かいたい。そう、強く思った。

それから、成瀬君の走る姿をたびたびスケッチするようになったのだ。

誰に見せるわけでもなく、自分のために筆を走らせる。

成瀬君の骨格の美しさも、描きたいと思う理由のひとつだったけれど……。

彼の存在は私の中で眩く、〝遠いもの〟で十分だったのに。

「——志倉」

コンコン、と開けっ放しだったドアをノックする音が聞こえて、私は慌ててうしろを振り返る。

そこには、何とも言えない表情をした成瀬君がいた。

「お前、声、駄々《だだ》漏《も》れすぎ」

いったい、どこから聞こえていたのだろう。

もしかして、成瀬君のことを隠れてスケッチしていたことを全部聞かれてしまったのだろうか。

羞恥心《しゅうちしん》で一気に顔に熱が集まるのを感じたけれど、彼は気にしない素振りで私の斜め前にある席に座った。

「さっきまでのは聞かなかったことにしておく」

『どこまでだろう……』

「骨格のところまで」

『えっ』

会話内容は一旦置いておき、テレパシーで会話が成立していることに、私は驚き感動した。

成瀬君は本当に人の心が読めるんだ……。

「能力の話、どこまで聞いてみたい？」

『えっと……このまま私は心で会話を続けていいのでしょうか……』

「いいよ。端《はた》から見れば、俺がずっとひとりごと言ってるみたいになるけど」

『ですよね……』

聞いてみたいことはたくさんある。

けれど急にそんなことを言われても、何から聞けばいいのか分からない……。

困惑していると、成瀬君は説明を始めてくれた。

「この能力は遺伝性で、俺の家系にも同じ能力者がいた。今生きている中では俺しかいないけど」

『そうなんだ。なんかファンタジーみたいだね……』

「教室くらいの範囲内だったら、少しこもった感じで、心の声が聞こえてくる」

『そんなに遠くまで聞こえるんだ』

「寝てたり音楽聴いたりしてる時は聞こえない。それに、一斉に聞こえてくるから、ほとんど雑音みたいなもんで、もうだいぶ聞き流すことに慣れたけどな」

『それでいつも興味なさげな顔をしているんだ……』

「いや、それは単純に俺の性格だな」

『ご、ごめんなさい……』

なんだか少し地雷《じらい》を踏《ふ》んでしまった気がして、私はすぐに謝った。けれど、成瀬君はまったく表情を変えずに、「なんで謝ってんの?」と聞いてきた。

ずいぶんと長い間その能力と向き合ってきたみたいだけれど、今までにバレそうになったことはないのだろうか。

「ない。あったとしても、なかったことにできる」

『え……?』

「そういう、〝救済措置《きゅうさいそち》〟みたいなもんがなかったら、俺は今頃解剖《かいぼう》とかされてるかもな」

『救済措置……?』

どういう意味なのかは教えてくれそうにはなかったので、私もそれ以上聞かずに黙っていた。

バレた時の対処方法がなければ、たしかにこの世界で生きていくには難しいかもしれない。

でも、能力のおかげで私は今、学校内でも自然に会話できている。

そうだ、成瀬君とだったら、学校の中でもコミュニケーションが取れるんだ。

心を読まれるのは少し怖いけど……、ちょっとワクワクする。

私の弱い部分も、成瀬君に対してはまったく障害ではないのだから。

そんなことを思っていたら、ふと気配を感じて、顔を上げると成瀬君が私のすぐそばにいた。

そして、何かを試すような視線を向けてきたのだ。

「俺が志倉の声になろうか」

『え……?』

「俺なら……、いつか志倉の声を、取り戻せるかもしれない」

いったいどういうこと……?

心を読むだけでなく病気を治せる能力もあるとでも言うのだろうか。

彼が言っていることの意味が分からず、目を見開くことしかできない。

万が一、そんな治癒《ちゆ》能力があったとしても、どうして急に成瀬君は私に接近してきたのだろうか。

話せない私が物珍しいのか……、それとも同情しているのか。

卑屈《ひくつ》なせいで、過去の経験からいくらでも被害妄想《もうそう》が膨《ふく》らんでいく。

ついさっきまでは、のんきに『心で会話ができたら楽しいかも』なんて思っていたけれど、疑心しか生まれてこない。

この疑っている感情も、今、成瀬君には読まれている。そのことに少し恐怖を感じたが、彼はイラ立つどころか、なぜか少しホッとしたような表情をしていた。

どうして……? まるで私から信頼されるのを恐れているかのようだ。

「悪い、冗談。忘れて」

そう言って、成瀬君は私の心から離れていくように、教室を去ろうとした。

私は彼のうしろ姿に向かって、今さらひとつだけ質問を投げかけてみる。

『成瀬君。どうして私にそんな重要な秘密を打ち明けてくれたの……？』

彼は私に背を向けたまま、少しだけ何かを考えるようにしてから言葉を返した。

「……罪悪感、拭《ぬぐ》うため」

それだけ言い残すと、成瀬君はさっと教室から出て行ってしまった。

私は、彼の答えの意味もまったく分かってあげられないまま、教室にぽつんと取り残された。

誰かの痛み

side志倉柚葵

『俺が志倉の声になろうか』

成瀬君のことが全然分からない。

私に能力を打ち明けた理由は、罪悪感を拭うためだと言っていたけれど、その意味もよく分からない。

私がかわいそうに思えて、助けようとしてくれているのだろうか。

だとしたら、大きな間違いだ。

私は大切な人が周りにいればそれでいいし、世界を広げようだなんて思っていない。

自分の進路のために、場面緘黙症を克服《こくふく》したいとは思っているけれど。

「もやもやする……」

自分の部屋のベッドで大の字になってあれこれ考えていたが、このままでは悶々《もんもん》としたまま時が流れるだけだ。

起き上がると、ベッドの近くの本棚に飾ってある一冊の画集を取り出した。

『芳賀義春《はがよしはる》画集』は、私が祖母に会いに北海道へ旅行した時に出会った一冊だ。

芳賀先生の水彩画作品を初めて美術館で見た時、こんなにも儚《はかな》く透明感のある絵がこの世にあったのかと、感動した。中でも、ある作品を見て涙が溢れ出そうになったのを、今でも覚えている。

『半透明のあなたへ』と題された代表作は、若い女性が涙を流している姿が、カーテン越しに描かれている。その女性が放つ不思議な魅力に、一瞬で心を掴まれてしまったのだ。

「綺麗……」

画集を見つめながら、私は何度目かの感想をつぶやく。

泣いているのに、何かを語りかけているかのようなこの優しい瞳が、ずっと頭の中にこびりついて離れなかった。

それから私は水彩画に興味を持ち、絵画教室にも通って、地道に描き続けてきた。

将来は画家になりたいのかと言われるとそうではなく、いつか水彩画のすばらしさを伝えられるような講師になれたらと、ぼんやりと思っている。

でもその夢は、声が出ない今、叶えられる可能性は無いに等しい。

「うーん、でもいまだにこの一文がよく分からないんだよなあ……」

本人が残した作品の解説が非常に難解で、専門家たちもとくに最後の文章の正しい意味については意見が割れている。作品を描くまでの経緯は具体的に残されているのだが、どうしてもある文だけ結びつかないのだ。

『君は、透明になる前に、自分の気持ちを叫びなさい』

この言葉はいったい、どういう意図で残されたんだろう……。


「柚ねぇ、ご飯できたって」

「あ、はーい」

ドア越しに巴の可愛《かわい》い声が聞こえて、私は顔を上げた。

部屋から出ると巴は嬉しそうに抱きついてきて、「今日はハンバーグだって」とウキウキした様子だ。

階段を一緒に下りてダイニングルームに向かうと、テーブルの上には温かい料理が並べられていた。

「巴、柚葵、飲み物の準備手伝ってちょうだい。お父さんもうすぐ帰って来るって」

母親のお願いに素直に従って、巴と一緒にグラスを取りに行く。

「巴、りんごジュースがいいなあ」

「お母さんにジュース飲みすぎって怒られてなかった？」

「しーっ、柚ねぇお願い」

「もう、しょうがないなあー」

苦笑しながらこっそりとりんごジュースを妹のグラスにだけ注ぐと、とても嬉しそうに笑った。

その様子を見て、私の気持ちもすっかり晴れ渡ってしまう。

大好きな家族がいて、桐という親友がいて、水彩画という向き合うべきものがある。

他の人から見たら大変そうに見えてしまうのかもしれないけれど、私は十分、幸せを感じている。

『俺が志倉の声になろうか』

成瀬君の言葉がふと蘇る。

彼の存在は、ずっと同じだった景色に突如《とつじょ》現れた彗星《すいせい》みたいなものだ。

眺めているだけでよかった星が、目の前まで急に近づいてきた……そんな感じだ。

彼のことが分からなくて少し怖いけど、でもきっと、悪い人ではないんだろう。

最初は戸惑ったけれど、私を助けようとしてくれた気持ちは、素直に嬉しい気がするから。

誰かの痛みを想像できる人は、みんな等しく、自分も傷ついた経験があるということを、私は知っている。

○

ずっと保健室登校だったから、文化祭に参加したのは今年が初めてのことだ。文化祭が有名な高校だったけれど、ここまで人が多いとは驚いた。

混雑していて広い廊下もうまく歩くことができない。

私はその光景に目が回りそうになりながらも、何とか気力を保って自分の役割を果たそうと気合《きあい》を入れる。

「志倉さん、じゃあこれ追加で茹《ゆ》でるのお願いね」

シフト制でバトンタッチした生徒の言葉に、首を二回縦に振る。

私は、声を出す必要がない、タピオカを煮《に》る作業をまかされた。小道具係は当日やることがないので、各自裏方か食券の手配に回されている。

教室の片隅に設置された卓上コンロで湯を沸《わ》かし、ひたすらタピオカを煮るだけの係だ。

タピオカの原形が乾燥豆のようなものだったなんて、と多少ギャップに驚きながらも、私は既定の量を鍋《なべ》に投入していく。黒くてゴロっとしていて、火薬みたいだ。

茹で終えたら後はもう黒糖《こくとう》で煮込むだけなので、私はとくにやることがない。

なんだか、すごいお客さんの数だな……。

教室内は満員で、他クラスの生徒や生徒の家族ですし詰め状態になっている。毎年飲食のできる教室は多忙を極めるのだとか。

しかしそのぶん、売り切れたら後は遊んでいていいので、その点でもタピオカ屋が採用されたようだ。

みんなの力で装飾《そうしょく》もかなり気合が入り、ミントグリーンをベースとした看板が原宿系のデザインで目立っている。

教室内の様子を眺めながら窓際の隅っこでタピオカを煮込んでいると、ずいぶん女性のお客さんが増えたことに気づいた。

さっきまでお客さんの層《そう》はバラバラだったのに、受付がとある人に変わってから入り口付近が騒々《そうぞう》しくなっていた。その理由はうすうす予想できるけれど……。

「成瀬先輩、何味がおすすめですかー?」

「成瀬ー、一緒に休みながら飲も」

すごい……と呆気《あっけ》にとられながら、漫画のような光景を教室の中から見守る。

成瀬君は、後輩や先輩だけでなく、他校の女生徒にも絡《から》まれているようだった。当の本人は看板を手に持ったまま無表情で立っているだけだというのに。

改めて成瀬君のスター性のようなものを見せつけられ、彼は自分の世界とは交わらない人間だと確信する。

成瀬君の適当な接客で注文が増えたので、私もタピオカを煮る作業に集中しなくてはと気を引きしめる。

この鍋をちゃんと見ている人は私しかいない。だから責任を持ってしっかり茹でなくてはならない。

「すみませーん、満員のため席増やしまーす」

鍋に集中していると、人の間をくぐり抜けて、クラスの男子が追加の机と椅子を勢いよく運んできた。

店内が混み合ってきて、端っこにあるこの調理場まで圧迫されるようになってきたのか。火を扱っているので気をつけて作業しないと……。

なんて思っていると既定の茹で時間が過ぎ、私はぷるぷるになったタピオカを大きなお玉で掬《すく》って丁寧《ていねい》にざるに上げる作業を繰り返していく。

何とか全部、一粒も落とさずに移せた——安堵《あんど》したその時、突然席を広げていた男子が調理場の机にぶつかってしまった。

「うわっ、やべっ……！」

机がずれた勢いでタピオカのざるが揺られてひっくり返った。

茹で上がったタピオカはばらばらと散らばり、ゆっくりと床に広がっていく。

どうしよう……。タピオカを茹でるのに三十分はかかる。

何も声が出せない私は、青ざめた顔でその惨状《さんじょう》を見つめることしかできない。

ぶつかってきた男子も同じように、「やっべ……」と声を上げたまま茫然《ぼうぜん》としている。

周りにいたお客さんがざわつきだして、クラスのみんなもタピオカが床に散らばっていることに気づいた。

受付をしていた南さんが駆け寄り、大きな目を見開く。

「ちょっと何これ！　どうしたの？　オーダー溜《た》まってるのに！」

男子は気まずそうに頭を掻《か》いて、小さな声で「ごめん」と謝っている。

私も一緒に謝ろうとしたが、表情やジェスチャーで伝えることしかできない。

どうしよう……という不安な気持ちがもくもくと胸の中で広がり、冷汗《ひやあせ》が浮かんでくる。

「どうせふざけて、志倉さんにぶつかったんでしょ！」

「ち、ちげぇよ！　席増やそうとして準備してたら勢いあまって……。志倉さんも見えてたなら、危ないよとか注意してくれれば……、あ」

男子はそこまで言いかけて、気まずそうな顔で口を手で押さえた。

南さんも同じような表情をして、男子の肩をバシッと叩いている。

〝地雷を踏んでしまった〟という表情のふたりを前に、私はどんな顔をしていたらいいのか分からなくなる。

私も不注意だったと謝りたい。そして、解決策を一緒に考えたい。

だけど、緊張で吐き気と冷汗が止まらない。

「なんか、志倉さんがこぼしたっぽい……？」

「いやー、バカ男子がぶつかったんでしょ」

「一旦お店閉じる？　どうする？」

クラスメイトの、ひそひそ声がかすかに聞こえてきて、ますます喉が締まっていく。

私に声があれば、男子に声かけして、事前に防ぐことはきっとできた。

今、無力な自分にできることは、ひとつしかない。

私はすっと手を開き、そろえた指を上から下へ下ろしながら、同時に頭も下げる。

手話で「ごめんなさい」のポーズをした。何度も……何度も。

ごめんなさい。

声が出なくて、役に立てなくて、ごめんなさい――。

怖くて、顔を上げることができない。思考が停止して、解決策も思い浮かばない。

何とかしたい。何とかしたいのに――。

「落ち着け、志倉」

手話をする指を、誰かが大きな手で包み込んだ。

私は驚きながら、すぐに顔を上げる。

そこには、いつもどおり無表情な成瀬君がいた。

「お前のせいじゃないことも、責任を感じていることも、全部分かったから」

落ち着いた声でそう言われて、不覚《ふかく》にも一瞬泣きそうになってしまった。

彼のその一言で、クラス内のピリッとした空気が嘘みたいにほぐれていく。

この状況下で、自分の気持ちを的確に分かってくれる人がいる。それがたったひとりでも、こんなに心強くなれるだなんて、私はなんて単純な人間だ。

私は今きっと、情けないほど安堵に満ちた顔をしてしまっているんだろう。

成瀬君は、そんな私を数秒見つめてから、クラスのみんなに冷静に呼びかけた。

「とりあえず片付けからやろう。志倉と俺は用務室からモップ取ってくるから、その間、掃除はできることやっておいて。お店は一旦在庫ある分だけテイクアウトにして、再開できそうになったら店内も飲食できるようにしよう。今いるお客さんは飲み終わるまでいてもらってもいいってことで」

「わ、分かった！」

成瀬君の指示に従い、南さんはすぐにお客さんに状況を説明しに行く。

まだ茫然としたままその場に立ち尽くしている私の手首を、成瀬君が掴んだ。

「行くぞ」

そう言われて、彼に引っ張られるがままに教室から外へ出た。

『俺が志倉の声になろうか』

成瀬君は今、本当に、私の〝声〟になってくれたんだ。


用務室に向かうのかと思ったら、人通りが少ない水飲み場に連れてこられた。

なんで水道に……と思っていると、突然成瀬君は私の腕《うで》を掴んで、蛇口《じゃぐち》をひねり強引に冷水を当てた。

「やっぱり、火傷《やけど》してたんだな。赤くなってる」

冷たい、と思わず心の中で叫んだが、彼は少し怖い顔をしたまま、私の腕を離してくれそうにはない。

火傷をしていたことに、自分でも気づけていなかったのに。

驚きながらもされるがままになっていると、成瀬君が隣で「痛い？」と聞いてきたので、私は再び心の声での会話を試みる。

『もう大丈夫、さっきは少しびっくりしただけで』

「熱いとか痛いとか、そういう時も……声は出せないんだな」

『え……』

成瀬君があまりにも心配そうな声でそうつぶやくものだから、反応に少し困った。

水で濡《ぬ》らしたハンカチを腕にのせてもらいながら、成瀬君の苦しそうな視線に、ひたすらどぎまぎしながら耐える。

おどおどしてないで、ちゃんとお礼を伝えなきゃ……。そう思っていると、うしろを通りがかった女生徒が、成瀬君の背中を見てこそこそと話している声が聞こえてきた。

何を言っているかは分からないが、好意的な視線から芸能人的な意味で騒がれていることだけは分かる。

成瀬君と一緒にいると、たくさんの人の視線が集まってくる。

私が学校で声を出せなくなった理由のひとつは、周囲からの〝視線〟が恐怖に感じたからだった。

「志倉……？　大丈夫か？」

女生徒たちの視線で気持ちが一気に不安定になり、私は少し成瀬君から離れた。

さっき、タピオカが床に落ちてしまった時も、何十人もの視線が自分に集まっている気がして、心臓がドクンドクンと嫌な音をずっと立てていた。

自意識過剰《かじょう》であることも、ただの被害妄想であることも十分分かっているつもりなのに、体が言うことを聞かない。

〝お前が床に落としたんだろ〟

そんな疑いの気持ちがみんなの瞳の奥に見え隠れしている気がして、少しも顔を上げることができなかった。

私は……、ゆっくりでも一歩進みたいと思って、今日この日を迎えたはずなのに。

小中学生の頃から、ずっと胸を縛り続けている感情が、また浮かび上がってきてしまった。

人の視線が怖い。消えちゃいたい。いっそ——透明人間になりたい。

誰も私を見ないで。見つけないで。笑わないで。

幼い頃の記憶が、私の喉を太い鎖《くさり》で縛りつけている。

そこまで回想して、私はようやくハッとした。

隣にいる成瀬君には、今のこの感情も、全部読まれてしまっているのだ。

面倒な人間だと、つまらなく暗い人間だと、思われただろうか。

……恥ずかしい。読まれたくない。聞かないでほしい。

恐る恐る彼の方を向くと、成瀬君は予想外の言葉を口にした。

「消えてもいい」

『え……』

成瀬君は、何かを願うような切実な表情で一言そう言い放って、私の手を握りしめた。

手を繋ぐというより、ほとんど掴むような形だけど、成瀬君の体温が直接伝わってくる。

「たとえ志倉が透明人間になって消えても……、俺なら見つけられるから、いいよ」

『成瀬君……？』

「志倉の感情をたどって、見つけに行くから」

そんなたとえ話を、どうしてそんなに苦しい声で言うの。

見つけに行くだなんて、どうしてそんな言葉をくれるの。

『なんで、成瀬君は……』

動揺の中で、うっかり彼に語りかけてしまう。

どうして、そんなに自信がなさそうな表情をしているんだろう。

何もかも持っていて、学校中の憧《あこが》れの人なのに。私が持っていないもの、彼は全部持っているのに。

時々私に共鳴《きょうめい》するように悲しんでくれるのは、ただ心が読めるから？

それとも、私と似たような経験をしたことがあるから？

〝消えてしまいたい〟と思ったことがあるから……？

答えてほしいよ、成瀬君。

しかし、胸の中で唱えたその質問に、成瀬君は答えてくれなかった。

どれも違うのかもしれないし、全部当たっていたかもしれない。

彼の痛みは彼だけのものだから、それ以上は深追いしなかった。

『成瀬君、お願いがあるの』

「ん？　何？」

『掃除が終わったら、タピオカの在庫、他クラスのタピオカ屋にないか聞きに行きたい。成瀬君に、それを手伝ってほしい』

「……分かった」

どうしてか、彼と一緒に何かを成し遂《と》げたいと思い、気づいたら頼みごとをしていた。想像どおり、私に頼みごとをされた成瀬君は、少しホッとしたような表情をした。

足りない頭を必死に回転させて探した、今自分にできること。でも、ひとりじゃできないこと。

このまま何もせずに逃げ出すことだけは、自分のためにしたくないと思えたんだ。

それは、心が折れる前に、成瀬君が助けてくれたから。

「在庫、あるといいな」

彼の言葉にこくこくと頷く。繋いでいた手は自然と解《と》かれていた。

クラスの人たちから疑われていた時、成瀬君だけは、心を読めても読めなくても、信じてくれたのかな。

そんなおこがましいことを思ってしまうくらい、さっきの言葉が嬉しかったのだ。

この気持ちが伝わっていると思うと恥ずかしくて、私はしばらく成瀬君と目を合わせることができなかった。

私が消えても見つけ出してくれると成瀬君は言ったけど、成瀬君が透明になりたいと思った時は、私が見つけてあげたい。

私たちは、どこか同じ痛みを抱えている気がするから。

消えるから

side成瀬慧

『消えてもいい』

消えてしまいたい、という感情を、俺は痛いほど分かっていたから、思わずあんな言葉が口をついて出てしまった。

能力がバレることを恐れた父に、『透明人間になったと思って生きろ』と何度も言われていたことで、消えたいという感情がずっと頭の片隅に住みついている。

俺のせいで志倉も同じ思いを抱えているのかと思ったら、胸がちぎれそうになった。

それなのに、志倉は一緒に代わりの食材を探してほしいと願い、俺に頼んだ。

志倉はスマホのメモ画面を見せて係の生徒に交渉し、メモだけで伝えることが難しい部分は俺が手助けした。

おかげでタピオカ屋を再開することができ、動揺に満ちていたクラスメイトも志倉の行動に感心し、無事に文化祭初日を終えた。

周囲の視線に怯えながらも、どうして志倉は自分自身と立ち向かえるのか。

強さと弱さが半々の状態で自分と戦っている志倉を見て、言葉では表せないような感情が浮かんできた。

俺は、彼女と同じくらい、毎日をちゃんと生きているだろうかと。

○

文化祭が終わり、七月後半に入った。

あっという間に真夏になり、少し歩いただけでもシャツが汗で体に張りつくのを感じる。

教室の窓から見える景色は、めまいがするほど鮮やかな緑で溢れ、ジーワジーワと蝉《せみ》の声がリズムよく聞こえてくる。

夏は嫌いだ。暑さと虫の鳴き声と心の声が重なって、頭の中が常に沸騰《ふっとう》しているようになるから。

教室に入ると、相変わらず頭が割れそうなほどノイズがやかましく聞こえてくる。

ただでさえ鬱陶《うっとう》しいというのに、ここ最近のノイズは、さらに自分の気持ちを不快にさせるものばかりだ。

「あ、成瀬君おはよう｜。今日も時間ギリギリだね」

席に着くと、笑顔で話しかけてくる隣の女生徒の心の声が、はっきりと聞こえてきた。

『成瀬君と志倉さんが付き合っているって本当？』

『まさかそんなはずはない』

『成瀬君には聞けないし……でも志倉さんに聞いても、話せないしな』

くだらなさすぎる。

自分のせいで志倉にいらぬ関心が集まってしまったことが、心底嫌だ。

誰もかれもわずらわしくて仕方ない。これがただの思い過ごしだと思えたら、どんなにいいことか。

朝のＨＲ《ホームルーム》が始まるまで机に突っ伏していると、やる気のなさそうな担任が時間ギリギリに教室に入ってきて、生徒に呼びかけた。

「さっそく成績表配るぞー」

教師はひとりひとりに成績表を渡し、生徒たちはそれを恐る恐る開いては、うるさく叫んでいるやつもいる。

俺も淡々と受け取りに行くと、「さすがだな」と一言だけ教師に声をかけられた。

とくに興味もないのでパラッと開いて見るだけで終わらせ、俺は退屈な時間が過ぎるのを待った。

「明日から夏休みに入るが、課題はしっかりやってくるように。受験組は気を抜くなよ。以上」

教師の号令を最後に、一学期が終わった。

ちらっと志倉の方を見ると、彼女はスマホをずっと触っている。

夏休みに入る前に、一言でも彼女に声をかけたいと思った自分がいる。

バカだ。たった二か月見なくなるだけだというのに。

それに、俺が志倉との距離を縮めるためにかけていい言葉なんて、ひとつもない。

「成瀬ー。この後何人かでカラオケ行くんだけど、来ない？」

帰ろうとリュックを肩にかけたところで、クラスメイトの南が話しかけてきた。

SNS上で有名人なのか知らないが、学校内で彼女のことが話題に上がることは多いらしい。

「いや、俺はいい」

「なんで？　部活もう辞めたんでしょ？」

クラスの誰もが避けるような話題に堂々と触れられるのは、おそらく南だけだ。

『ちょっと、南さんの言い方直球すぎない？　聞いていいのかな』

『成瀬君のこと、私だって誘ってみたいのに』

何人かの動揺した心の声が聞こえてきたが、俺は表情を崩さずに「別に俺がいなくてもいいだろ」と答える。

「別によくないから誘ったんですけど？」

「悪い」

俺は南の言葉をサラッと流して、教室から去った。

彼女の俺に対する好意はずいぶんと前から漏れ聞こえていたけれど、単に俺が靡かないからムキになっているだけだろう。

足早に校舎を出ると、じりじりと頭皮を焦《こ》がすような太陽の光に照らされた。

……暑くて、頭が朦朧《もうろう》とする。

南と話している間に、志倉はいつの間にか帰ってしまっていた。

最後に見たのは、いつもどおり儚げなうしろ姿だけだった。

「あ……」

しまった。ぼうっとしたまま歩いていたら、体が勝手に部活動の場所に向かっていた。

第二グラウンドは、裏門の近くにある校内でも一番大きいグラウンドだ。

最近新しく整備されたトラックで、部員たちが真剣に走り込みの準備をしている。

みんながアップしている中、ジョギングをしている三島を見かけた。インターハイ本番に向けて最終調整をしているのだろう。

俺が部活を辞めると言った時、一番感情が激しく乱れていたのは彼だった。

『成瀬なんでだよ！　どうして……！』

……三島の走りはとてもまっすぐで、無駄なノイズがなくて、いい意味で周りを気にしていない。とてつもないメンタルの強さに、俺は密かに感心していたが、部活を辞めると言ったあの時だけは、感情の振れ幅《はば》がぐんと大きくなっていた。

そして今のアイツも、不安や焦りの感情がぐるぐると渦《うず》巻いているのが分かる。

三島がアップを終えて、水を飲みこっちに近づいてきた。

聞こうとしたわけではないのに、偶然、心の声が入り込んできてしまう。

『成瀬だったら……もっと期待されていたはずだ』

悔しい感情がひしひしと伝わってきて、俺はどんな顔をしていいか分からなくなった。

こんな気持ちは、他人が覗いていいものではない。

俺はそっと一歩退《しりぞ》き、そのまま校門へ向かおうとした。

「おい、成瀬」

しかし、立ち去ろうとしたギリギリのところで、三島に見つかってしまった。

俺は足を止め、ゆっくりと彼の方を振り返る。

三島の針のようにまっすぐな短髪には汗が光り、つり目がちな鋭い眼光は俺だけを射貫《いぬ》いている。

「早々に帰宅かよ。いいもんだな暇人は」

「……そうだな」

「恋愛にうつつ抜かせるもんな」

……コイツも、そんなくだらない噂を聞いてしまったのか。

俺と志倉は、決してそんな関係性なんかじゃない。ありえてはいけない。

話す気もなくなり、何も返さずに再び去ろうとしたが、三島の攻撃的な言葉は止まらない。

「病気が原因ってコーチは言ってたけど、見た限りピンピンしてんじゃねぇか」

「もうお前に関係ねぇだろ」

「結局お前は逃げたんだ。どれだけチームに迷惑かけたと思ってる」

「そうだな……。じゃあ責任取って、お前の右脚と俺の脚、取り替えてやろうか?」

あざ笑うようにそう伝えると、三島はぴきっと表情を固まらせた。

俺のことなんかに構わずに、お前は走ることに集中すべきだ。

そのまっすぐすぎる瞳に自分が映ると、ずっと責められているような気持ちになる。

俺はその視線から逃げたくて、わざと三島を傷つけるような言葉を放った。

三島は心の中では俺に対する怒りに燃えていたが、表情は冷静だった。

「お前……本当に感情がねぇよな」

絞りだすように放った言葉は、諦めたような、憐れむような言葉だった。三島の瞳には、怒り、失望、そのどちらもが混ざり合っている。

——感情がない。まさに、俺を的確に言い表した言葉だと思った。

人の心が読めるからと言って、人に優しく生きてきたわけじゃない。

どんなことを言ったら一番相手が傷つくのか。距離を置けるのか。そんなことばかり考えて、生きてきたのだから。

「……お前の大会記録なんか、ゴミにしてやるよ」

三島は最後にそう吐き捨てて、右脚を若干《じゃっかん》引きずりながらグラウンドに戻って行った。

真夏の茹《う》だるような熱気が、蝉の鳴き声とともに脳内《のうない》を侵食してくる。

去っていく三島のうしろ姿を、空《から》っぽの気持ちのまま見つめていた。

無心で校門に向かうと、もう帰ったと思っていた志倉が、珍しく誰かと待ち合わせていることに気づいた。

鞄を持ったまま、チラチラと周りの様子をうかがっては、何やら楽しそうな雰囲気をかもし出している。

あらぬ噂を立てられていることもあり、なんとなく志倉に近づかないように門から出ようとしたが、志倉が待ち合わせている人物を見て固まった。

「柚葵！　お待たせ、暑かったでしょう」

もしかして、あいつは――。

ショートカットでボーイッシュな姿は、昔から変わっていない。

名前は思い出せないけれど、その女子高生を見た瞬間、ドクンと胸の中がざわつくのを感じた。

そうだ。彼女は、小学生の頃の同級生だ。

志倉といまだに連絡を取り合っているヤツがいたのか……。

そのことに驚きながらも、不審に思われないように、俺はふたりのうしろを静かに通り抜けようとした。

しかし、去り際にその女子高生と一瞬目が合ってしまい、その瞬間相手の中で憎しみの感情が一気に燃え上がっていくのを感じた。

『まただ。人を見透かしたような目つきが、〝アイツ〟にどこか似ている男』

『もし、〝アイツ〟本人だったら――殴ってやりたい』

漏れ出る感情に、俺は心の中で「そうだよな」と静かに納得する。

半径数メートル以内で、ふたりから憎悪の感情を向けられているだなんて、笑える。

嫌われることには、慣れすぎているから、今さらどうってことないけれど。

……だけど、お願いだ。

この罪を償《つぐな》ったら、俺は志倉の世界から消えるから。

あと少しだけ、彼女が俺を思い出すまで――時間が欲しい。

俺の自己中心的な〝罪滅ぼし〟を、どうか見逃してほしい。

君と夏休み

ｓｉｄｅ志倉柚葵

夏休みに入ると、美大を受験するにあたり予備校に通うことになった。

授業は週に二回だけどなかなかに課題が多い。それなのに、夏休み期間は部室が開放されず、絵を描く場所と時間が足りないことに困っていた。

家では描くスペースがないと桐にこぼしたら、彼女のおじいちゃんが気まぐれで建てたアトリエが別邸にあるから、自由に使ってくれていいと言われた。

さすが学園長を務めるおじいちゃんだ。どうやら一時期だけ油絵にはまったけれど、今はすっかり飽きて使わなくなってしまったらしい。

最初は断ったけれど、『代わりにアトリエの掃除をするってことでいつでも使ってよ』と合鍵までもらってしまった。戸惑いつつも、こんなありがたい話はないと思い、夏休みの間だけ借りることにしたのだ。

そうして、強い日差しの中、アトリエに向かっている。

このあたりは高級住宅街で、美しい並木道が続いている。

真夏の日差しに透ける新緑の美しさに目を奪われながら、通り慣れていない道を進んだ。

講師から『人物画』というざっくりした課題を与えられたけれど、誰を描こうかな……。

桐にモデルを頼みたいけれど、彼女は今日も習い事で忙しそうだったから、頼むに頼めない。

人物画といえば……、成瀬君が走らなくなってから、もう彼の人物画を描き進めることができなくなってしまった。

成瀬君の骨格は本当に見れば見るほど美しく、どのパーツも基本的にスラッと長くて、姿勢もいいから立っているだけでも華があるのだ。だから、ものすごく描き甲斐《がい》があったのに。

残念に思いながら歩いていると、前方からとても美しいフォームで走っている男性が近づいてきた。

あれ、なんだかあの人、成瀬君に似てる……。

首から肩にかけてのシャープなラインも、足の長さなんかもそっくりだ。

つい見惚れてしまうと、黒いキャップの下から覗く半月型の瞳とバチッと視線が絡み合ってしまった。

『あ……！』

思わず心の中で大声を上げてしまう。

走っていた彼は私の目の前で止まり、キャップをすっと外した。

それから、少し呆《あき》れた目を私に向ける。

「骨格で人のこと見つけんの、やめてくんない？」

『な、成瀬君！　家この近くなの……？』

「いや、そんなに近くないけど、この辺走りやすいから」

まさか本当に成瀬君だったとは。しかも、心の声まで聞かれてしまっていたとは。

恥ずかしくてたまらない。

成瀬君は薄手の黒いスポーツウェアを着て、チャックを口元まで上げている。服の上からでも成瀬君の骨格だと見抜けてしまった自分は、かなりおかしいかもしれない。

成瀬君、プライベートでは今も走っているんだ。

走ることが嫌いになったわけじゃないと知れて、少し嬉しく思う。

「お前こそ、なんでこんな場所にいんの」

『この道沿いに、友達のアトリエがあるの』

「アトリエって……、お前の友達、何者？」

『友達のおじいちゃんが、私立学校の学園長さんでお金持ちなの。夏休みの間だけ使わせてもらうことになって……』

「ふぅん」

横を通り過ぎた見知らぬ人が、ちらりと私たちを不思議そうに見たのを感じ、私はハッとした。

端から見ると、成瀬君は今、私に向かってひとり言を言っているようなものだ。

成瀬君が不審な目を向けられるのは申し訳ない。

会話せずに切り上げた方がいいと感じ、ぺこっと頭を下げた。

『走るの邪魔してごめん。じゃあ、またね』

「ああ」

それだけ言って、私は彼の横を通り過ぎる。

ああ、やっぱり成瀬君は最高のモデルだ。

成瀬君を見るたびに絵に描きたいと強く思ってしまう。

でもいきなりモデルなんて頼んだら、もっと気持ち悪がられるだろうし……。

いやいや、こんなこと、こんな近くで思っていたら成瀬君に聞き取られてしまう。

もっと違うことを考えよう。えっと、えっと……。

「志倉、危ない」

頭の中でぐるぐる考えながら必死に早歩きをしていると、去っていったはずの成瀬君がパシッと私の手首を掴んだ。

成瀬君に無理やり止められてその場に固まると、私の目の前をロードバイクがものすごいスピードで通り過ぎていく。

『び、びっくりした……』

「考えごとしながら歩くのやめろ」

少し焦った様子の成瀬君が低い声で注意した。

私もスケッチブックを抱えながら、バクバクと脈《みゃく》打つ心臓をどうにか落ち着けようと試みる。

『ごめん、気を付けます』

「ぼんやり聞こえてきたけど、なんか俺にやってほしいことあんの？」

『え、えっと……』

「ん？」

その、透き通った瞳に見つめられると、嘘がつけなくなってしまう気がする。

まあ、とっくに成瀬君にはすべて見透かされてしまっているわけなのだけれど。

私は自分の気持ちに正直に、ダメ元で心の中で問いかける。

『あの、絵のモデルになってくれませんか』

「俺のことなんか描いてどうするわけ？」

『成瀬君の骨格は、本当に美しいんです！』

「骨格……」

成瀬君はよく理解できないというように呆れた顔をしたけれど、「別にモデルくらい付き合ってやってもいいけど」と素っ気なく返してくれた。

私は嬉しくて、思わず口元を両手で覆ってしまう。

成瀬君は「変なやつ」とだけつぶやいた。

○

アトリエは、十五畳《じょう》ほどのかなりシンプルなつくりのワンルームで、壁一面の大きな窓には、やわらかな素材の白いカーテンがかかっている。

少し埃《ほこり》っぽく感じたので、大きな窓を少しずつ開けて、爽《さわ》やかな夏風を室内に送り込んだ。

打ちっぱなしのコンクリートでできた無機質な部屋には、自由に使ってくれていいと言われた大きなキャンバスやイーゼルが雑に置かれている。

モデルとはいえ勝手に他人をいれるのはよくないと思い、事前に桐に電話したところ、ありがたいことに「全然いいよー」と快諾してくれた。

「意外と涼しいな」

『結構風通しがいいんだね』

成瀬君はあたりをきょろきょろと見渡しながら、襟元を掴んで空気をパタパタと送り込んでいる。

『じゃあさっそくですが、ここに座っていただいて……』

「ポーズとか指定あんの？」

『えっと、じゃあ、膝組んで窓の方見る感じで』

「こう？」

まさかこんな目の前でスケッチできるなんて……。

不覚にもドキドキしてしまう自分がいた。

横顔も彫刻のように美しい成瀬君。

拝むような気持ちで鉛筆を取ると、不意に大きな風が吹いて、薄手のレースカーテンが私と彼の間を一瞬隔《へだ》てた。

『わ……』

——本当にそれは、一瞬のことだった。

外国人のような自然なアッシュ系の髪は光に透けて白くなり、太陽の光を映した瞳は琥珀色に輝いていている。

カーテン越しの彼は半透明に見えて……儚くて、とても綺麗だった。

そう、まるで、芳賀先生の描く人物画のような透明感に溢れていた。

こんな心境もすべて彼には読まれているはずだけれど、成瀬君は眉をぴくりとも動かさない。

『窓、少し閉めた方がいいね』

私は照れ隠しでそう胸の中でつぶやき、窓を閉めた。

見惚《みと》れてばかりいないで集中しよう。こんな感情、これ以上読まれたら恥ずかしい。

ガリガリと鉛筆がザラついた紙面を走る音だけが響き、しばし沈黙が続いたけれど、急に成瀬が口を開いた。

「お前……、友達とかいるんだな、この前校門で見た」

『あ、桐のことかな……。小学生の頃からの唯一の友達で、その子がここのアトリエを貸してくれたの』

「志倉が話せていた時からの友達なの？」

『え……』

「ていうか、いつから声出ないんだっけ？」

その質問に、私は一瞬固まる。

声が出なくなったのは、私が小学五年生の頃からだ。

思い出そうと記憶をたどると、ある人物だけが浮かんでくる。

――『お前なんでそんなに本心と違うことばっか言ってるわけ?』

自分の中の、一番触れてほしくない、ど真ん中を突き刺されてしまったあの言葉が、いまだに喉元に痞えている。

その言葉を言い放ったのは、クラスでもあまり目立たない男の子――岸野明人《きしのあきひと》君だった。

彼のことを恨んでいるわけではないけれど、どうしても、あの言葉を思い出すたびに足がすくんでしまうのだ。

明らかに表情を強張《こわば》らせている私を見て、成瀬君はそれ以上何も訊《たず》ねてこなかった。

けれど、私の脳内では、ずるずると芋《いも》づる式で昔の記憶が蘇っていった。

○

ダメ元で受けた私立小学校に受かってしまったことには、両親も驚いていた。

というのも、数か月前まで私たち家族は父の仕事の都合でアメリカにいて、日本に戻ってきたばかり。英語の面接がある学校だけ受けてみたら、という父の提案で、記念がてら受けた有名校に受かってしまったのだ。

合格を祖父母が大げさに喜んでいたことと、学校の設備がかなり整っていることから、〝ちゃんと真面目に通わなくては〟と、幼いながらにプレッシャーを感じた。

帰国子女《きこくしじょ》だった私は、まだ日本語に自信がなかったけれど、新しい生活に少なからず期待もあった。

……しかし、思っていたよりも、その〝帰国子女〟という特徴は子供の世界では影響が大きく、私にとっては間違いなく〝壁〟となった。


「柚ちゃんの話し方って、なんか変だよね」

「え……？」

「ねぇ、なんかしゃべってみて。おはようございますって、言ってみて」

入学してから一週間が経った頃。

隣の席に座っていた女生徒に、無邪気な笑顔でそう言われた。

私は戸惑い、自分の発音がおかしいことを初めて指摘され、羞恥で顔が熱くなるのを感じる。

黙り込んでいる私を見て、その女生徒は、「ねぇ、早く」と急かしてくる。

少し怒気《どき》が含まれている気がして、私は絞《しぼ》り出すような小さな声で、「おはようございます」と返してみる。

すると、その女生徒は手を叩いて笑って、他のクラスメイトにも同調を求めた。

「ねぇ、やっぱり〝す〟の言い方、変だよねぇ、柚ちゃんって」

「なになに、もう一回言ってみてー」

数人のクラスメイトが私のことを〝変わったもの〟を見る目で見ている。

子供の好奇心は時に残酷《ざんこく》で、私は無邪気な感情に深く傷ついていたけれど、やめてとは言えなかった。

ただただ私に向けられるみんなの丸い目が恐ろしくて……、恥ずかしくて、消えてしまいたいとその時はっきりと思ったのだ。

それからは、もうからかわれることのないようにしようと心に決めて、必死に日本語の発音を勉強して、毎日を過ごしていった。とくに英語の授業では気を使った。英文を読み上げたら、『発音よすぎてウケる』『帰国子女アピール？』とからかわれたからだ。英語を流暢に読まない。日本語は発音に気を付ける。そんな技を少しずつ身に着けていった。

そうして、三年、四年……と、クラスの隅っこに住みついて、貼りつけた笑顔だけで一日をやり過ごし、家に帰ると、両親には楽しく学校で遊んだという嘘の報告をする毎日。

両親は、『本当にいい学校に受かってよかった』と喜ぶので、私は自分でついた嘘でどんどん逃げ道を失っていった。

学校内には本当にいろんな生徒がいて、私のように大人しい子もいれば、本人に面と向かって文句を言えてしまうほど気の強い子もいる。

気の強い子の代表格とも言える、〝美園桐〟ちゃんは、学校内では少し浮いていたほどだ。しかし彼女は誰かを傷つける言葉を言うわけではなく、自分の感じたことや思ったことに素直なだけという印象で、実際に話してみるとすごく優しい子だった。

私も彼女みたいに、自分に正直でいられたら……。

羨望《せんぼう》のまなざしで、桐のことをこっそり見つめていた。


五年生になると、途端《とたん》に容姿に気を遣う子が増え、クラス内での会話も、男子と女子でずいぶんと変わっていった。

私は、ファッションや恋の話になかなかついていけず、ひたすら頷く〝赤べこ人間〟と化していく。

「ねぇ見て、柚ちゃん、これママが買ってくれたペンケース。可愛いでしょ？」

席に着いてちょうど一時間目の用意をしていると、クラス一のおしゃれ女子である亜里沙《ありさ》ちゃんが、キャンディとリボンでデザインされたビニール素材のペンケースを見せてきた。

たしかこれは、最近はやっている雑誌によく掲載されているブランドだったような……。

「ほんとだ、すごい可愛いね」

「……それ本当に思ってる？」

「え？」

「なんか柚ちゃんって、反応がいつもおんなじ」

私の口から反射的に出た言葉はお気に召さなかったらしく、亜里沙ちゃんはスタスタと別の女の子にペンケースを見せに行く。

他の子たちは、かなり大げさに「かわいい！」とリアクションをして、羨《うらや》ましいという感情を全身で表現していた。

正直言うと、亜里沙ちゃんが思う可愛いと、私の思う可愛いとは少し基準がずれていて、だからみんなみたいに反応することはできなかったのだ。

ぽつねんとしてひとり佇みながら、友人たちがペンケースに騒いでいる様子を横目に見ていると、亜里沙ちゃんがちらっとこっちを向いた。

「ねぇ。ずっと思ってたんだけど、なんで柚ちゃんは、そのぼろいペンケースずっと使ってるの？」

「え……、あ、これはアメリカで買ったお気に入りで」

「それ地味すぎない？　柚ちゃんってまだ日本のブランドとか詳しくないんだ」

見下されるように言い放たれ、思わず机に出していた黒い布地のペンケースをぎゅっと握りしめる。

発音でからかわれることが減っても、帰国子女のイメージがそのまま残っているのか、みんなの中では私は同じ部類ではない、という認識になっていて、幾度《いくど》となくそのような線引きをされてきた。

話に入れてもらえなかったり、持ち物を隠されてからかわれたり、すれ違う時にこそこそ話をされたり……。

そのたびに、私は自分のことを知ってもらいたいという感情が、そぎ落とされていった。

何を言っても無駄。目立ったことはしないに越したことがない。普通に、誰にも突っ込まれないように生きていれば、自己嫌悪に陥《おちい》ることはない。

私は私をこれ以上嫌いにならないために、必死で自分の思いを隠し続ける。

周りに同調して、空気みたいに溶け込めばいい。

もういっそ、透明人間になれたらどんなにいいか……。

「亜里沙ちゃんおしゃれだから、いろいろ教えてほしいな」

「いいけど、亜里沙の好きなブランド、真似《まね》したりしないでよねー」

「私じゃ、真似しても亜里沙ちゃんみたいにはなれないよ」

貼りつけた笑顔と褒《ほ》め言葉を、額面《がくめん》どおりに受け取ってもらえたら、もうそれでよかった。楽だった。

「なぁ」

しかし、私のそんな嘘だらけの笑顔にナイフを突き刺すように、突然冷たく低い声が教室に響いた。

「お前なんでそんなに本心と違うことばっか言ってるわけ？」

驚きうしろを振り向くと、そこには、一度も話したことのないクラスメイト、岸野明人君がいた。

彼は長い前髪に眼鏡《めがね》姿で、雪のように白い肌をしている。いつもぼそぼそとしゃべる地味な印象の生徒だ。成績が優秀だったため彼をからかう生徒はいなかったが、自分の中ではどう接したらいいか分からない人間にカテゴライズされていた。

そんな彼に、たった今、突然言葉で背中を刺された。

「気持ち悪いんだけど、その笑顔」

「え……」口を開けて間抜けな顔をしている私に、岸野君は再び言い放つ。

「可愛くないって思ってるんなら、そう言えばいいじゃん」

「な、なんで……」

岸野君の一言は、まるで私の心の中を見透かしているようだった。

動揺した私は、否定することも忘れてその場で黙りこくる。

その様子を見た亜里沙ちゃんは、あからさまに不機嫌な顔をした。

「何それ、そんなこと思ってたの？　柚ちゃん！」

「ち、違っ……」

「言っとくけど、その地味なペンケース、超ダサいから！」

誰かの怒りをこんなにまっすぐぶつけられたのは、初めてのことだ。

彼女は今、全身で私に対する嫌悪をぶつけている。敵だと思っている。

怖くて、喉の奥がぎゅっと縮んでいくのを感じた。

「ねぇ、黙ってないで、何か言いなよ！」

待って……。今、酸素が、足りない……。

呼吸をすることに必死で、言葉がまったく出てこない。頭の中が真っ白だ。

そんな私の様子を、岸野君は冷めた目つきで見ている。

まるでどうでもいいというように。

なんで……？

どうして、彼は突然私を攻撃してきたの？

なぜ、私の本心が透けて見えてしまったの？

本心と違うことを言うのは、そこまで悪いこと？

でもこの国では、この教室では、本当のことを言うと周りの空気が凍るんだよ。

やっぱり外の人間だからって。言うことが普通の人と違うって。

私が話すと、誰かがバカにしたように笑う。

私が話すと、誰かが困ったように言葉を詰まらせる。

そんな環境で、私なんかの本心を言って、いったい何の意味があるというの……？

教えてよ、岸野君。

教えてくれないならせめて、私を透明人間にしてよ。

「っ……、っ……」

彼に大声で訴えかけようとしたのに、声が出ない。

私は喉を両手で押さえて、金魚のように口をパクパクさせながら、その場にうずくまる。

亜里沙ちゃんや周りの生徒も、私の様子がおかしいことに気づきはじめ、怯えるように見ていた。

「え、なんか、やばくない……？」

「亜里沙ちゃんなんかしたの……？」

「は？　なんで私!?」

あれ……どうして……。
喉に力って、どうやったら入れるんだっけ……。
声を出そうとしても、口から出るのは空気だけ。
怖い。どうして。声が出ない。なんで。どうなっちゃうの、私。
透明人間になりたいなんて、願ったから?
じっと静かに涙が込み上げてくる。
自分の体に起こった異変に対する、恐怖の涙だ。
世界のどこにも、自分の味方がいないような気持ちになった。
岸野君の冷たい瞳が瞼の裏に焼きついて、離れない。
教室の床を見つめたまま、静かに声にならない泣き声を上げる。
そうして、私は自分の声を、失ったのだ。

○

過去のことを思い出してずっと沈黙が続いていたことにようやく気づいた。そっと顔を上げ、成瀬君の反応を恐る恐るうかがう。

成瀬君はポーズを保ちながら、瞳だけ動かして私のことを見つめている。

今、脳内で再生された記憶も、読まれてしまっただろうか。

風がカーテンを揺らす。夏の生ぬるい空気がこのまま、私たちの間に流れる気まずさを、どこかに飛ばしてくれればいいのに。

ずいぶん間を空けてしまったけれど、『いつから声が出ないのか』という質問に、改めて心の中で答えることにした。

『声が出なくなったのは、小学五年生の頃に仲間外れにされて……それから』

「だいたいの記憶読めたから、説明いいよ」

成瀬君は私の言葉を制して、落ち着いた様子のまま目を伏せる。

「志倉は……今はどう思ってんの？　その男子のこと、憎んでるだろ」

成瀬君の声は変わらず低いトーンだったけど、少しの緊張が入り交ざっているように感じたのは気のせいだろうか。

成瀬君のその直球な質問に、少しだけ考える時間をもらった。

たしかに、岸野君の言葉がきっかけで、私はその後たちまち仲間外れにされた。

でも、今思い返してみれば、私は岸野君に本心を見抜かれる前から、小さないじめを受けていたし、言葉もその時から徐々に出にくくなっていた。

毎日一ミリずつ心を削《そ》がれているような毎日を送っていたから、岸野君の言葉でついに芯《しん》が折れてしまったという感じだ。

岸野君のことは恨むというよりもただ……、〝怖い〟〝分からない〟という気持ちの方が強い。

私は、バラバラの自分の感情をどうにかまとめるように、頭の中で言葉を繋げる。

『岸野君のせいで学校生活が崩された気持ちになっていたけど、本当はもうずいぶん前からクラスメイトとのバランスが取れなくなってたから。恨みみたいな感情は、薄まってきたかな』

「へぇ……」

『それに、誰かを傷つけてしまった言葉って、人は結構覚えているものだと思うから、それがその人の……〝罰〟になってるんじゃないかな』

「……何それ」

私の心の声に、成瀬君は心底呆れたように言葉を吐き捨てた。

その瞳は、興味のない話をクラスで聞き流している時のように冷たく、誰かが入る隙もない。

成瀬君は今、怒っている。それだけは、確実に分かる。

でもいったい、どうして……？

「声奪われてんのに、性善説《せいぜんせつ》で済ませるわけ？」

『なんで……、成瀬君が怒ってるの？』

「おかしいだろ。人を傷つけた言葉なんて、たいていの人間は忘れてるよ。気づきもしねぇよ。そうやって人は他人に〝呪い〟をかけていくんだ」

『の、呪いって……』

「許すなよ、そんなやつ。一生、許すな……っ」

あまりにも苦しそうに言葉を吐き出すので、私はただただ驚いてしまった。

目の前の成瀬君は美しい顔を歪《ゆが》めて、瞳の奥には怒りの炎を燃やしている。

私なんかのために、ここまで怒る理由が見つからない。きっと、成瀬君の中のトラウマと、私の過去がリンクして、触れてはいけないスイッチを押してしまったんだろう。

私は彼に何を語りかけたらいいのだろう。

迷うよりも先に、心が動いてしまった。

『成瀬君も……誰かに傷つけられたことがあるの？』

「…………」

『それとも……誰かを傷つけたことがあるの？』

そう問いかけると、彼は一瞬ハッとしたような表情をしてから、ふいと私から目を逸らした。

自分がいつの間にか感情的になっていたことに気づいたのか、成瀬君は小さな声で

「悪い」とつぶやく。

私は首を横に振って、気にしないで、と伝える。

「ごめん、ポーズこうだったっけ？」

彼が窓の方に向き直すと、自然とスケッチを再開する流れになった。

さっきの重たい空気がなかったことのようになり、鉛筆が紙の上を滑《すべ》る音だけが聞こえるようになる。

シャッシャッという乾いた音が響くたびに、心の中では彼への関心が高まっていく。

成瀬君のことが知りたい。

そう思ってしまうのは、自分の傷と重なる部分がありそうだから。でも、決して傷を舐《な》め合いたいわけでも、同情したいわけでもない。

ただ、知りたいのだ。彼の心の中に潜む感情を、全部。

廊下でぶつかったあの日から、その思いをずっと胸の片隅に抱いて過ごしてきた。

あんな涙を見せられたら、忘れられるわけがない。

『私のスケッチブックを見て、成瀬君はどうして泣いていたの？』

鉛筆を走らせながら、私はボールをぽんと投げ込むように、成瀬君の心に語りかける。ストレートすぎる私の問いかけに、成瀬君は数秒間を空けた。

「……消えたくなったから」

まったく感情のこもっていない、平坦な言葉で返してから、成瀬君は窓を眺めたまま、ぴくりとも動かない。

ゆらゆらと揺れるカーテンに間を遮《さえぎ》られながら、美しい髪を夏の光に透かしている。

成瀬君の、いつも冷静な表情の裏側には、いったいどんな悲しみや孤独が詰まっているというのだろう。

消えてしまいたいと思うようになる理由は、簡単だ。

自分のことが嫌いだから。許せないから。恥ずかしいから。

自分ではどうにもできないことばかり続いて、どこにも行けないような気持ちになっているから。

同情しているわけでもないのに、涙が出そうになった。

『成瀬君。今から私が心の中で唱えた言葉、一文字ずつ声に出して』

「は……?」

気づいたら、とんでもないことを成瀬君に提案してしまっていた。

案の定、成瀬君は素《す》っ頓狂《とんきょう》な声を上げて、眉を顰《ひそ》めて私を見つめている。

『声になってくれるって、言った』

「……よく分かんないけど、分かったよ。何？　何かのゲーム？」

成瀬君は呆れたように私の要望を受け入れて、窓からこちらに視線を動かす。
そうして、彼としっかり目が合うと、私は心の中で一文字ずつ唱える。
彼に今、一番贈ってあげたい言葉を。

『ゆ』
「ゆ」
『る』
「る」
『し』
「し」
『て』
「て」
『あ』
「あ」
『げ』
「げ」
『る』
「る」

――〝許してあげる〟

私の心の声に続いて、成瀬君も一文字ずつゆっくりと声にした。

その言葉は、私が、〝成瀬君が成瀬君自身に言ってあげてほしい言葉〟だった。

私自身も、弱い自分を許せない気持ちとずっと戦って生きている。今も。

だからこそ、きっと自分と同じような傷を抱えているであろう、彼にこの言葉を彼に贈りたかった。

成瀬君は、目を見開いたまま私の顔を見つめ、固まっている。

その時、強い風が吹き込んで、私たちの間を再びレースカーテンが隔てた。

カーテンが顔に触れて思わず目を閉じると、次の瞬間、温かいものに包まれている感覚に陥る。

恐る恐る目を開けると、カーテン越しに、抱きしめられていることが分かった。

「なんでだよ……」

驚いている暇もなく、成瀬君はまた切なそうにつぶやく。

その一言は、春に廊下でぶつかった時と同じ言葉で。

絵に描いていた彼の腕の中は、想像以上に骨ばっていて固く、でも温かい。

ドクンドクンと波打つ鼓動が直《じか》に鼓膜《こまく》を震わせて、頭の中を真っ白にさせていく。

「なんでそんなこと、お前が俺に言ってくれるんだよ……」

『成瀬君……？』

「お前、俺が怖くないわけ……？」

抱きしめる腕が震えていることを知って、成瀬君の本心を、やっと聞けたような気がした。

そうか。成瀬君は、心が読める能力と、ずっと戦ってきたんだね。

私には到底想像のつかない世界で、生きてきたんだね。

人に自分の悲しみを伝えることは、とってもとっても、難しいね。

自分の本心を伝えて、何かが変わってしまうことは、とても不安だから。

自分の嫌いな部分と向き合うことは、とても勇気がいるから。

成瀬君の能力を聞いた時は本当に驚いたし、自分の弱い心を読まれることは少し怖いよ。

だって、私は私が嫌いだから。だから、自分を知られることはすごく怖い。

だけど……、今こうして、苦しそうに私を抱きしめる成瀬君は、なぜかとても近くに感じるんだ。

私たちに共通点なんて、ひとつもないはずなのに。

『その能力は正直少し怖いよ。だけど、成瀬君自身は、怖くない』

私の偽りのない真実。混じりけのない透明な感情。

〝成瀬君は怖くない〟

成瀬君のことを何も知らない私が、その時彼に伝えられる、精一杯の感情だった。

成瀬君はその言葉に、私を抱きしめる力を、ほんの少し、強めたのだ。そんな彼に、自分がいつも大切にしている言葉を、贈りたくなった。

『成瀬君。あのね……、自分のこと許してあげられるのは、自分だけなんだって』

芳賀先生の言葉だ。芳賀先生は、〝許す〟ために絵を描き続けているのだと、多くの資料で語っている。

「それ……誰の言葉？」

「芳賀義春さんっていう、私の大好きな画家さんだよ」

「芳賀……」

自分を許すため――私が絵を描き続ける理由も、もしかしたらその気持ちに近しいのかもしれない。


夏の風が、弱くて脆《もろ》い私たちの髪を、ふわっと宙へ舞い上がらせる。

キャンバス上では、描きかけの成瀬君が無表情で遠い世界を眺めている。

誰にも秘密の、ふたりきりの夏休みの、出来事だった。

第三章

記憶を消して

side成瀬慧

許してあげる。

そんな言葉を、誰かに言われるだなんて、思ってもみなかった。

しかも、志倉自身に言われるだなんて。

そんな言葉を俺なんかにかけるな、という怒りの感情と、不意打ちで放たれた光のような言葉に対する驚きの感情が、どっちも同じくらいの力で弾《はじ》けて、気づいたら志倉を抱きしめていた。

彼女を抱きしめた瞬間、心臓がふたつあるのかと錯覚《さっかく》するくらい、全身の血が熱く体を駆け巡ったのだ。

志倉と一緒にいると、過去への罪悪感と、信頼されることへの恐怖と、もっと内面を知りたいと思ってしまう欲深さに振り回されて、呼吸がうまくできなくなる。自分が保てなくなる。

こんなの、俺じゃない。——自分じゃない。

自分のことが、恥ずかしくて、恐ろしくて、感情がぐちゃぐちゃだ。

志倉に近づいたのは、ただ罪を償うためだったのに。

純粋に志倉の存在が大きくなっている。

過去に傷つけた人を好きになるなんて、ありえない。ありえてはいけない。

こんな葛藤《かっとう》をするために、近づいたわけじゃない。

『自分のこと許してあげられるのは、自分だけなんだって』

抱きしめたまま動けない俺に、志倉がそっと投げかけた言葉が、胸の中に優しく響いていく。


でも、俺は俺を許すわけにはいかない。

じゃないと、どう生きていいのか、分からない。

○

夏休みは、志倉と過ごしたたった一日の出来事以外、まるで記憶がない。

あの日のことだけがいつまでも脳内にこびりついて、鮮明に再生され続けている。

志倉の体温や、髪の香り、抱きしめた時の感触、そのすべてが思考を停止させる。

明日から新学期が始まり、また顔を合わせるようになる。

志倉のことを考えないで済むように、と考える時間だけが、過ぎていく。


「昭二《しょうじ》さん、お帰りなさい」

自分が帰宅した時間と同じくらいに、珍しく父親が早く帰宅した。

夫婦仲は冷え切っているはずなのに、母親はいつもどおりかいがいしく玄関まで迎えに行く。もう習慣になっているのだろう。

俺はその様子を横目に見ながら、リュックを雑にソファーの横に置く。

リビングに入ってきた父親が、俺を視界に入れてすぐに、何かをローテーブルの上にばらまいた。

「大学は、この中から選びなさい」

「は……?」

高級そうなグレーのスーツに身を包み、白髪を綺麗にまとめている父親が、冷たい目つきで俺のことを見下ろしている。

久々に父親の顔をこんなにじっくり見た気がするが、記憶していた顔よりずっと老《ふ》けて感じた。

ゆっくりとテーブルに視線をずらすと、地方にある大学のパンフレットが置かれていた。

「進学と同時に家を出てもらう」

急な物言いに驚いて父親の感情を読み取ると、気持ちが一気に萎《な》えていった。

『慧とは一刻も早く離れるべきだ。俺たちはもう十分頑張った』

……そういうことか。

自分の立場にリスクがあることからは避けたいということか。

「学費も家賃も負担する。これからは全部自分で選択していきなさい。お前もその方が楽だろう」

たしかに、楽になりたいのは、お互い様だ。

母親は、俺たちを遠くから、ハラハラした様子で黙って見つめている。

自分のことしか考えていない父親のことはとっくに軽蔑《けいべつ》しているが、いつも安全地帯から眺めているだけの母親にも、心底腹が立つ。

「はい」と低い声で返事をしてから、荷物をまとめて二階へ上がると、自分の部屋ではなく曾祖父の部屋に入った。

なぜかこの部屋に入ると、心が落ち着いて、冷静になれるのだ。

「はあ……」

怒りを鎮《しず》めるように息を大きく吐く。

今まで、小学、中学、高校とすべて異なる地域で過ごしてきた。片道二時間かかる学校もあった。

それもすべて、両親が俺の能力に怯え、周りの人に俺の記憶を強く残さないためだった。

中学生の頃には、部活で仲のよい友達ができたと知った父親が怒り狂《くる》い、すぐさま友人が転校させられたこともある。

透明人間のように生きろ。それが父親の口癖だ。

「埃くさいな……」

お手伝いさんにも、この部屋の掃除は頼んでいないらしい。

偉大な画家であった曾祖父——芳賀義春の部屋が、こんなに埃まみれであることを知ったら、愛好家たちはいったい俺たち一家をどう思うのだろう。

志倉が曾祖父の大ファンだったことにも、心底驚いた。

あの時言おうか迷ったけれど、敬愛する画家が俺と同じ奇妙な能力を持っていたと知ったら、ショックを受けるかもしれない。そう思って黙っておいた。

分厚い画集を数冊手に取ってみる。しかし、どの画集も保存状態が悪く、埃まみれになっていた。

曾祖父は、この本棚だらけの自室で隔離《かくり》され、余生を送ったと聞いている。

母親はずっと、〝祖父に近づくな〟と幼い頃から教えられていたとも言っていた。

曾祖母は、五十代の若さで亡くなってしまったらしい。

唯一の味方であった妻に先立たれ、曾祖父はどれほど寂しい気持ちで余生を過ごしたのか。

「あ、あった」

俺は、この部屋に入ると必ず盗み見ている、赤い革の手帳を棚から取り出した。

ポケットに入るほど小さな手帳は、どのページも黄ばんでいる。

何度も開いたページを、ゆっくりとめくる。嫌なことがあった時、必ずこの文章を読んでやり過ごしてきた。

【治療法は記憶操作のみ。記憶の削除《さくじょ》で解放する……】

俺には、すべてをリセットする方法がある。

それだけが、幼い頃からの支えだった。

同じ能力者だった曾祖父が、何か残していないかと探し続け、ようやく見つけた手がかり。

能力が誰かにバレてしまった場合は、相手の記憶を消すことができる。

それが、俺たち異能者に与えられた、唯一の救いの道。

最初にこの文章を読んだ時は、そんなことあるものかと、腹が立った。

「相手の額《ひたい》に手を当て、読み取った感情を抑え込む。心の破壊《はかい》を強く念ずる……」

書いてある文章をそのまま音読した。

催眠術《さいみんじゅつ》みたいな簡単な手口で、人の記憶を操作できるわけがない。

信じられなかった俺は一度だけ、中学生の頃、クラスメイトに記憶の操作をしたことがある。

放課後、適当な口実で空き教室に呼び出し、誰もいないところで試してみたのだ。

記述されていたとおりに、友人の額に触れて、読み取れた念を押し返すように、自分に関する感情がすべて壊れるイメージをした。

目の前にいた生徒はすぐに俺の記憶だけを失い、うつろな瞳で俺を見つめ、その場に座り込んだ。その時の映像は、今でも忘れられない。次の日教室で会うと、その生徒は本当に俺との出来事を何ひとつ覚えていなかったのだ。

人の心を操れてしまうようなこんなに恐ろしい力を、普通の人間が持っていていいわけがない。こんな力があったら、日常が簡単に破綻《はたん》していく。

記憶操作ができるだなんて、いよいよ自分は化け物だと確信したあの日、もう二度と誰にも使うべきではないと、誓《ちか》ったけれど……。

「どうせ遠くへ行くなら、全部失って行くのもありだな」

そうつぶやいた時、ちょうどドアがノックされる音が響いた。

父親が風呂に入っている隙に、母親がフォローをしに来たのだろう。いつものことだ。

「慧、話があるの」

想像どおり、ドアを開けると、そこにはやつれた様子の母親がいた。

しかし、今日はうつむかずに、まっすぐ俺の瞳を見つめている。

「お母さんたち、正式に離婚することになったわ」

母親は、決意を固めた真剣な表情でそう言い放った。

離婚、という言葉を理解することに数秒時間がかかり、俺はしばし間を空けてから乾いた唇を開く。

「は……離婚？　会社はどうなんの」

「貞治《さだはる》叔父《おじ》さんが今の仕事を辞めて、継ぐことになったわ。私もこの歳《とし》だけど、名前だけ会社に残ることになったの。昭二さんは、違うグループ企業の取締役を頼まれることになって……」

ずっとふたりの仲が悪いことは、分かっていた。離婚を考えていることも。

しかし、母親は絶対に決断できないと思っていた。

驚いた様子の俺に、母親は無理に笑ってみせる。

「お母さん、昭二さんには何も逆らえなくて、いつもごめんね」

「離婚の原因って、俺の能力が……」

「違うわ。それは関係ない。私たちの問題よ」

目じりにしわを寄せて笑顔を作り、母親はそれだけ言い残して部屋を出て行った。

残された俺は、曾祖父の部屋の中で、茫然とその場に立ち尽くす。

……離婚の原因に俺の能力が関係ないわけがない。心を読まずとも分かることだった。

……心読みの能力に関わった人たちは、全員不幸になっていく。

だから、こんな〝リセット法〟が残されていたのだろう。

曾祖父は……、〝芳賀義春〟は、いったいどんな思いで、毎日を生きていたのか。

こんな能力がある限り、大切な人なんて作れやしない。作ってはいけない。

「くそ……」

力ない言葉が、ただの空気みたいに喉を通り過ぎる。

志倉の『許してあげる』という言葉が、最後の灯火《ともしび》のように、胸の中で揺れていた。

こんな感情知らない

ｓｉｄｅ志倉柚葵

夏休みが明け、教室で成瀬君と顔を合わせることが、なぜか少し気恥ずかしかった。

ＨＲが始まる前に騒いでいる生徒の間を縫《ぬ》って進み、何とか自分の席に着く。

成瀬君が教室に入ってきたことに気づいたけれど、私はパッと視線を逸らしてしまった。

抱きしめられた時の感覚が、今もまだ抜けないなんて、絶対に知られたくない。

生徒の雑音が、どうか私の心の声を掻き消してくれますように。そう心の中で願う。

あの日の、『俺の能力が怖くないわけ？』という、成瀬君の弱々しい問いかけに、鼓膜から心臓まで振動が伝わって、胸の中が苦しくなった。

私はあの時、使命に駆られるかのように、成瀬君のために何かをしたいと思ったんだ。

だから、自分が心に留《とど》めていた言葉を、成瀬君に贈ってしまった。

どう思っただろう。何も分からないくせにと思われただろうか。

でも、ずっと自分で十字架《じゅうじか》を背負っているような苦しい表情を見て、何かしたいと思わずにはいられなかったんだ。

私は、成瀬君にとってどんな存在になりたいと思っているんだろう。

自分の行動がとてもおこがましく感じて、恥ずかしさでいっぱいになった。

私は……、成瀬君のことが知りたい。もっと、近づきたいと思っている。

彼の弱さに触れた、出会いの日から、ずっと。


「おーい、みんな席に着けー」

唐突に大きな声が教室に響き渡り、ハッとする。

ギリギリの時間帯に担任が教室に入ってきて、着席を促した。

「夏休みが終わって、そろそろ進路調査の時期がやってきた。ひとまず今日は希望の進路を書いて提出するように」

ざっくりとした説明に、生徒たちはだるそうに「はーい」と返事をする。

前の席から進路調査票が配られ、真っ白な紙に、静かにペンを立てた。

第一希望は、ブレずに、北海道にある美術大学。第二希望以下は、とくにイメージが湧かないので、適当な美大の名前を書いて項目を埋める。

遠く離れた大学に行くことを両親は心配しているけれど、私なりにひとつずつできることを増やしていかないといけない。

「じゃあうしろから回収してー」

先生の指示に従い、裏返した進路調査票を前の席の人に渡そうとした。しかし、前の席の生徒が取り損ねてしまい、ひらひらと落ちた紙は、一列挟んだ席に座っている、南さんの足元に着地した。

南さんは、すぐにそのことに気づき、少し腕を伸ばして、私に紙を渡してくれた。

「はい」

笑顔と一緒に渡された紙を、私はぺこぺこと頭を下げながら受け取る。そしてすぐに前の席の生徒に手渡した。「落としてごめん」とすぐに謝られたので、大丈夫という意味を込めてへたくそな笑顔を浮かべる。

担任が教室を出て行くと、教室は次の授業まで再び騒がしさを取り戻した。多くの生徒が「始業式からいきなり授業があるなんて最悪」と、愚痴《ぐち》を漏らしている。

教科書の準備をしようと整理をしていると、ふと人陰で視界が暗くなるのを感じた。

「ねぇ、夏休み、成瀬とデートしてた?」

え……?

顔を上げると、そこにいたのはさっきと変わらぬ笑顔の南さんだった。

「噂で聞いたの。夏休みにふたりが一緒にいるところを見たって人がいたこと。本当？」

その問いかけに、私はどうやって答えたらいいのか分からなくて混乱する。

偶然一緒にいることになったのは事実だけど、決してデートなんて名目ではない。

私はスマホに【絵のモデルになってもらいました】とメモして、彼女に見せる。

すると、南さんは大きな猫目《ねこめ》を一瞬細めてから、「そうなんだ」とにこっと笑ってみせた。

すぐに視線を外され、唐突な質問タイムが終わったと思ったその時、前の席から男子の大きな声が聞こえてきた。

「え！　成瀬、H大受けんの!?　なんでだよ、もっと上目指せるっしょー」

男子のその叫びに、成瀬君は心底鬱陶しそうに「勝手に見んなよ」と、声を低くしている。

周りの生徒も「成瀬君、北海道の大学目指すらしいよ」とざわつきはじめた。

成瀬君も、北海道の大学を希望しているの……？　知らなかった。

遠くの大学を目指す理由があるのだろうか。

そんな風に思っていると、南さんが再び突然私の方を向き直って、大声を上げた。

「え！　志倉さんも北海道の大学受けるの!?　美大とか？」

まるでついさっきまで会話をしていたかのように、唐突な切り口で大声を出す南さんに、完全に面食らってしまった。

南さんの考えていることがまったく理解できなくて、ただ唖然としたまま彼女のことを見つめる。

「まさか成瀬とできてるって噂、本当だったりして……？」

南さんの無邪気なのか分からない言葉に、周りの生徒はこそこそと小声で話しだす。

それはまるで、静寂《せいじゃく》とした水面に一滴の水が落ちて波紋《はもん》が広がっていくかのごとく、あっという間の出来事だった。

「いやさすがにそれはないっしょ……」

「でもふたりが夏休みに一緒にいるとこを見たって人が」

「何それ、受ける大学の場所も合わせてんの？？　そんなんで進路決めてんの？」

「成瀬君、結構優しいところあるから、同情しちゃったのかな」

刺さる視線と、囁《ささや》かれる言葉たち。

みんな、私が言葉はちゃんと聞き取れることを忘れていると、感じるくらい。

チラッと成瀬君の方を見ると、彼は無表情のまま固まっていた。

人の視線が、とてつもなく怖い。呼吸って、どうやったらうまくできるんだっけ。

胸を押さえたまま黙っている私に、南さんが再び話しかける。

「ねぇ、ずっと気になってたんだけど、成瀬の前では普通に話せたりするの？　学校では話せないって言うけど、どうやって成瀬と仲良くなったの？　本当はしゃべれるんじゃないの？」

「ちょっと南、言いすぎだって……」

「え？　なんで？　普通に質問してるだけなんだけど」

友人に止められても、笑い交じりに反論する南さんの声が、どんどん遠くなっていく。

どうしよう、声が出せないどころか、動けもしない。石みたいに固まって、眉ひとつ動かすことができない。

……緘動《かんどう》の症状だ。久々に出てしまった。

冷汗だけが額を流れ、それを拭うこともできず、お腹の中がひねりつぶされたように痛い。

人の視線が、針のようだ。

そんな風に感じるようになってしまったのは、私のせい？

うまく周りに溶け込めなかった、私のせいなのかな。

「いい加減にしろよ」

低く響く声は、教室のざわめきを止めるには十分だった。

声の主は分かっているけれど、体が動かないせいで、彼が今どんな表情をしているか確認できない。

「お前ら全員、どんだけ暇なんだよ」

やめて。成瀬君が怒ることなんかない。そんな必要はない。

私がモデルなんか頼まなければ、こんな迷惑をかけることもなかった。

成瀬君と私は、何もかも違う世界線上で生きているのだから。

「人の進路で騒いで何が楽しいわけ？　誰にも一ミリも関係ないだろ」

明らかに怒っているその声に、誰もがしんと静まり返る。

成瀬君がこちらに近づいてくる気配を感じ、その足音は南さんの前で止まった。

何とか少しだけ動くようになった首を傾けてふたりを見ると、成瀬君はすべてを凍《い》てつかせてしまうような冷たい瞳をしていた。

「お前、何がしたいの？」

「成瀬が悪いんじゃん。夏休み、私たちとの約束断って、ボランティアみたいなことしてるから」

「終わってんな、お前」

成瀬君が、瞳の奥に怒りの炎を燃やしたまま、南さんに詰め寄った。

その様子を見て、教室内の生徒たちは成瀬君が乱暴するかもしれないと予想し、ざわつきはじめてしまった。

成瀬君が何か南さんに言いかけたその時、心の中で全身全霊の叫び声を上げた。

『やめて‼』

成瀬君はその言葉にピタッと口の動きを止める。

代わりに、私は石膏《せっこう》で塗り固められたかのように重たく感じる体を、何とか動かした。

――いっそ、透明人間になってしまいたい、と思っていたのは、大切な人が自分のせいで傷ついたり怒ったりするのを、何度も目《ま》の当たりにしたからだ。

母も父も、妹も、桐も、私を思って悲しんだり怒ったりしてくれた。

親身になってくれることはとても嬉しかったけれど、私のせいで人を振り回してしまうことがとても嫌だった。すごくすごく、嫌だった。

自分のせいで、自分なんかのせいで、大切な人の日常が変わってしまうたび、消えてなくなりたくなった。

騒然《そうぜん》とした雰囲気の中、私はずるずると重たい体を引きずって、黒板の前に立つ。

そして、震える指を片方の手で押さえて、チョークを手にした。

一文字一文字書くのに、とんでもない時間がかかる。でも、私は伝えないといけないと思った。これは、私の問題なのだから。

【尊敬する画家が卒業した、北海道の美大を目指しています。成瀬君は一切関係ありません」

そう書き終えると、私はしんと静まり返った生徒たちに向けてぺこっと頭を下げて、ゆっくり教室から出て行った。成瀬君のことは、一度も見ずに。

○

酸素が足りない。早く教室から飛び出して、外の空気を吸いたい。

足が勝手に階段を何段も駆け上がり、体を上へ上へと運んでいく。

誰もいない屋上に出ると、ちょうど授業開始を伝えるチャイムが鳴った。その瞬間、嘘みたいに呼吸ができるようになる。

澄んだ空を見上げながら、私はコンクリートにそのまま座り込むと、大きく息を吸って吐いた。

まるで、水の中をずっと歩いてきたみたい。

私は何度も何度も深く呼吸を繰り返し、何かを取り戻すように酸素を取り入れた。

ずっと、自分と戦わなきゃと思って、ここ数年を生きている。

透明人間になって逃げてしまいたい自分と、立ち向かわなきゃと思っている自分。

突然、黒板にあんなことを書いて、絶対変なやつって思われただろう。でも、自分のせいで成瀬君に迷惑がかかるのは耐えられなかった。

あんなに人の注目を浴びたのは、小学五年生のあの日以来だ。寒気が止まらない。

ズキッと頭が痛んで、再び体が固く動かなくなっていくのを感じた。

「志倉！」

ガタガタと震えていると、成瀬君が屋上のドアを勢いよく開けて、座り込んでいる私のそばにやってきた。

そして、私の手を、大きな手で力強く包み込む。

「大丈夫。ゆっくり息吐け」

成瀬君に握りしめられた手を見つめながら、私は言われたとおりに呼吸を続ける。

「大丈夫だから……」

人の目が、どうしてここまで怖いのか。

みんなが普通にやっていることが、普通にできない。だから、大切な人にも迷惑をかける。

私は、ダメな人間なんだ。だから誰にも見られたくない。自分に気づいてほしくない。消えてしまいたい。

こんな醜い感情、誰にも読まれたくない！

知られたくない。……成瀬君にも。

そう思った私は、電流が走ったみたいに腕に力が戻ってきて、反射的にドンッと成瀬君を突き飛ばしていた。

あ……。私今、最低なことをした。成瀬君は心配して私の手を握っていてくれたのに。

最悪だ。最低だ。すぐに正気に戻り、謝ろうとしたけれど、声が出ない。

私は——大切な人に謝ることもできないんだ。

成瀬君は床に座り込んだまま、私のことをじっと見つめている。それから、力なくつぶやいた。

「この世界は大概《たいがい》クソだから、志倉が消えたいって思っても、仕方ねぇよ」

『え……』

「でも、ダメだ。お前は消えたら、やっぱりダメだ」

いつか、成瀬君は、私が透明人間になったら声をたどって見つけてくれると言った。

それは、彼も消えたいと思うことがあったから、私に同情してかけてくれた言葉だと思っていた。

成瀬君は再び私に近づくと、さっきと同じように手を握りしめてくれる。

「自分のこと許してあげられるのは、自分だけなんだろ」

それは、私が彼に贈った言葉だ。大好きな画家が、人生の教訓としていた言葉。

成瀬君に偉そうにそんなことを言ってしまったけれど、自分を許すって、なんだろう。

自分のことを好きになることが、自分を許すってことなのかな。

だとしたら、私は一生、自分のことを許せないかもしれない。

いや、正確には、自分の〝喉〟を、許せない——だ。

なんでこんなに、弱くなってしまったんだ。自分の喉を片手で触りながら、心の中で何度もそう叫んで、生きてきた。

悔しくて、涙が溢れる。

自分の体なのに、コントロールできないなんて、悔しい。……悔しいよ。

「自分のこと好きになれなくても……、きっと自分を〝乗り越える〟ことはできる」

『何……それ……』

「過去を乗り越えてきたから、今の志倉がいるんだろ。志倉自身が証明してる」

『でも、私は私のことが、ずっとずっと嫌いだったよ！』

「それでもいい」

私の感情的な叫びに、成瀬君は私の目を見ながらはっきりとそう答えた。

驚いた私は、一瞬頭の中が真っ白になる。

ずっと見つめていると吸い込まれてしまいそうな琥珀色の瞳に、心臓がドクンと高鳴った。

成瀬君が、涙で顔に張りついた私の髪の毛を、そっと優しく除《よ》けた。

「志倉のいいところは、そのぶん周りの人間が知ってる」

『そんなの、違うよ。私は大切な人に迷惑ばっかりかけて、成瀬君もさっき……』

「キレたのは、ただの俺の自分勝手だ」

『そんなわけ……』

「あるよ。だって嫌だった。志倉が傷つけられることが、死ぬほど嫌だったから。自分が傷つけられるよりも、ずっと」

どうして、そんな言葉を私に贈ってくれるんだろう。

そして、なんの嘘も混ざっていないように感じるのは、どうしてなんだろう。

真剣でまっすぐな瞳に見つめられているからだろうか。成瀬君は私に対して、ずっと誠実でいてくれている気がするんだ。

涙を瞳に溜めたまま成瀬君を見つめていると、彼は少し間を置いてから口を開いた。

「俺の世界では、志倉以外が、透明人間に見えるよ」

息が、止まりそう。名もなき感情が、次々と溢れ出ているせいで。

だって、私が消えても、透明人間になっても、誰も気づかないと思って生きていた。

でもそれでよかった。私はみんなをイラ立たせてしまう存在だから。

それなのに、成瀬君は私だけが見えると言ってくれるの？

分からなくて、でも嬉しくて、とめどなく涙がこぼれてくる。

成瀬君と出会って、自分の感情を知ってくれる人が現れて、私の世界は間違いなく変わりはじめていた。

自分の気持ちを伝えられた時、私は世界との繋がりを感じたのだ。……生きていると、感じたのだ。

成瀬君の能力は少し怖いけれど、だけど、私、そんな能力を持った人に出会えて、よかったたって思ったんだよ。見つけてもらえてよかったたって。ずっと無駄に期待しないように誤魔化していたけれど、本当なんだ。本当に世界が変わった気がしたんだ。

この世界に、私のことをちゃんと〝見て〟くれている人がいる。

たったそれだけのことなのに。

「志倉、俺……」

成瀬君が私に触れようとして、でもその手をすぐに引っ込めた。

滲んだ景色の中、成瀬君の言葉のおかげで、ふつふつと自分の中である感情が湧き起こっていた。

……頑張りたい。私、本当はずっと、自分を許してあげたいと思っていた。

この先何度自分に失望しても、乗り越えられる自分になりたい、と。

成瀬君は私の頬を流れる涙を、今度は躊躇《ためら》いもなく親指でそっと撫《な》でる。

「許せるよ」

『え……』

「志倉は、志倉自身を、もう許してあげられるよ」

「っ……っ……」

声にならない嗚咽《おえつ》が、空気になって口から抜けていく。

自分の中で、どうしようもないほど成瀬君の存在が大きくなっていることに、私は気づきはじめていた。

情けなく流れ出る涙を自分の腕で拭って、成瀬君と向き合う。

彼の美しい半月型の瞳に、不安定で脆そうな自分の姿が映っている。

『ありがとう』

心の中で、ゆっくりと、真剣に唱えた。

成瀬君は、また少し切なげな顔で、私のことを見つめている。

もし、乗り越えることが自分を許すということならば、私は、もう少し明日を頑張ってみたいと思えたんだ。

それは、成瀬君がこの世界に、いるから。

「好きだ……」

唐突に、成瀬君の形のよい唇《くちびる》からこぼれた言葉に、私は自分の心を読まれたのかと一瞬錯覚した。

成瀬君は、初めて会ったあの日のように、綺麗な涙の粒を片方の目からぽろっとこぼしていた。

まるで映画のように美しい映像に、私の思考は停止する。

好きだって、聞こえた、今。

それっていったい、どういう意味で……？

しかし、問いかける前に、成瀬君は綺麗な顔をみるみるうちに悲しみの色でいっぱいにしていく。好きだという言葉とは裏腹に、成瀬君は苦しそうになっていく。

「俺は本当に、最低だ……」

『成瀬君……？』

「言うつもりなんかなかったのに、今……」

自分の口を押さえて、信じられないとでもいうような表情をしている成瀬君。

同じように、ただただ動揺していると、私の体は強引に成瀬君の腕の中に引き寄せられた。

抱きしめられる、というよりも、自分の表情を私に見せないようにするために、閉じ込めた、という感じだ。

「……お前の声を奪ったのは、俺だよ」

『え……？』

「俺なんだ……っ、岸野明人は……」

岸野君が、成瀬君……？

いったい、どういうこと？

もうぼんやりとしか思い出せない、岸野明人君の輪郭が浮かんでくる。

私のことを抱きしめる成瀬君の手は、さっきの私以上に、震えていた。

『成瀬君が……？』

小学生の頃の記憶が、ゆっくりと〝今〟の彼に、重なっていく。こんなにも悲しい巡り合わせがあるだなんて、その時の私はまだ、認めたくなくて。

成瀬君の震える体にそっと手を回しながら、薄い青色の空を見上げていた。

遠い記憶

ｓｉｄｅ志倉柚葵

「今度の三連休、北海道のおばあちゃん家《ち》に帰ることになったからね」

ちょうどオムライスを口に運んだ時、母親が思い出したようにそう言い放った。

「おばあちゃんとおじいちゃんに会えるの？　やったー！」

巴はケチャップで口の周りを汚しながら、祖母と祖父に久々に会えることを喜んでいる。

どうやらおじいちゃんがぎっくり腰になってしまい、畑仕事が滞《とどこお》り困っていたのだとか。

巴はすっかり旅行気分でいるけれど、父と母のふたりは休み返上で手伝いに行くことになったため、そこまで嬉しそうではない。

「おじいちゃん大丈夫かな。心配だね」

ポツリとそうつぶやくと、お母さんは私の心配を吹き飛ばすように右手を振って、笑った。

「だーいじょうぶよ、いっつも大げさなんだから。本音はあんたたちに久々に会いたいだけでしょうよ」

「巴、虫取りしたい！」

「んー、北海道のこの時期にはもうそんなに虫はいないんじゃないかしら」

ちょうどこの三日間は予備校もお休みになっていたので、予定に問題はない。

久々の北海道かぁ……。芳賀先生の美術館に、また行きたいな。

そう思うと、少し私も楽しみになってきた。おじいちゃんとおばあちゃんに会えるのも、もちろん嬉しい。でも、巴がはしゃぎすぎないように、しっかり見ておかなきゃ。

なんてぐるぐる考えていると、お父さんが眼鏡の奥から心配したような視線を送ってきた。

「柚葵。大丈夫か？　最近何か元気がないようだけど」

「えっ、なんで？　全然大丈夫だよ」

「そうか。受験で疲れてるだろうし、リフレッシュするつもりで行くといい」

「うん、ありがとう」

お父さんにはすっかり見破られてしまっていたようだけれど、私の頭の中は成瀬君のことでいっぱいだった。

衝撃的な事実を告げられたあの日から一週間が過ぎたけれど、成瀬君は一度も私と目を合わせてはくれない。

成瀬君が岸野君だったかもしれない、という衝撃の事実よりも、避けられている現実に落ち込んでいる。

「ごちそうさま。ちょっと部屋で勉強してくるね」

「えー、柚ねぇ、一緒に動画観ようよぉ。最近遊んでくれなくてつまんないっ」

「ごめんね巴。受験終わったらいつでも遊んであげるから」

ぐずる巴の頭を撫でて謝ると、母親が「お父さんが一緒に観てくれるって」と宥めた。しかし巴は「お父さんじゃ嫌」と拒否してしまい、父親は大きなショックを受けている。

その様子を微笑《ほほえ》ましく見守ってから、私は自分の部屋に戻った。


ベッドに寝転がり、片手で両目を覆い、昔のことを思い出してみる。

岸野君の声も、姿も、何もかも成瀬君とは結びつかない。

彼は眼鏡姿で、黒髪で、長い前髪でいつも顔を隠していた印象が大きい。

苗字も下の名前も違うということならば、偽名《ぎめい》を使って小学校に入学していたのだろうか。そんなことができるのだろうか。そうだとすると、本名がどっちかも分からない。

『お前なんでそんなに本心と違うことばっか言ってるわけ？』

岸野君にそう問いかけられたあの瞬間から、私の学校生活が変わってしまったことは事実だ。

だから岸野君と成瀬君が同一人物だと知って、ショックじゃないわけなかった。

「罪悪感……」

なぜ能力の秘密を私に打ち明けたのか、ということを聞いたあの時、成瀬君は『罪悪感、拭うため』と言っていた。

今ならあの言葉の意味がしっくりくる。

そうか、成瀬君が私に近づいた理由は、ただの罪滅ぼしだったのか。胸のどこかがチクリと痛む。

成瀬君の中で、私の存在は罪そのものだったのだろう。ようやく成瀬君が私なんかに優しくしてくれたすべてに納得がいく。

でも、じゃあ、成瀬君が、『好きだ』と言って泣いたのは……。

体に火がついたように熱くなる。もしかしたら聞き間違いかもしれない、という否定を、もう何度もしている。

でも、ひとつだけ間違いないのは、成瀬君は私にあんな形で気持ちを伝えることを、まったく望んでいなかったということだ。

好きだと言った直後の、彼の失望した瞳の色が、忘れられない。

成瀬君はきっと想像以上に、私への罪意識を抱いて生きてきたんだろう。

だけどそれはもう、見当違いだということに気づいている。

岸野君は何も間違ったことを言っていなかったし、私の心が読めていたからこそ、本心を言えない私のことが許せなかったんだろう。

でもそう思えるようになったのは、私が大人に近づいたから、というだけの話で。

小学生の頃の自分にとって、岸野君は——成瀬君は、恐ろしく許しがたい存在だった。

私は、これから、どうしたらいいんだろう。

成瀬君に、何と言ってあげたらいいのだろう。

もう怒ってないよ、成瀬君のせいじゃないよ、許してるよ……そのどれも違う。全然しっくりこない。私は成瀬君のことを許すとか許さないとか、そんな目線で見たいわけじゃない。

「成瀬……君……」

そっと彼の名前を呼んでみる。初めて自分の声に出してみた。

すると、瞼の裏に成瀬君の顔が浮かんで、会いたいという気持ちがふつふつと湧きはじめる。

でも、今の彼に会っても、きっと今までと同じではいられないだろう。

岸野君に関することを……、彼の過去に関することを、もっと思い出せないだろうか。

成瀬君の過去を知れば、もっと近づくことができるかもしれない。私は、あの頃の成瀬君のことを、分かりたい。

誰かを理解したいだなんて、そんなおこがましい気持ちを誰かに抱いたのは、本当に初めてだ。

だってこのまま何もしなければ、私が成瀬君に対して抱いている感情の行き場がないままだから。

怖くても知りたいと、そう思った私は、そっとある人物に電話をかけることにした。

「あ、もしもし。桐？　柚葵です」

『柚葵、どうしたの。電話なんて珍しい』

「ごめんね突然。ちょっと聞きたいことがあって……」

『なになにー？　アトリエならいつでも使ってね』

電話をした相手は、同じ小学校に通っていた桐だ。

もしかしたら岸野君のことについて何かを知っているかもしれない。

他愛もない会話をしてから、さりげなく質問をしてみる。

「突然なんだけど、あの、岸野君ってどういう子だったか、覚えてる?」

『……え?』

「ショックで記憶が消えているのか、あまり思い出せなくて……」

『何、また何かアイツにされたの!? 大丈夫!?』

「あ、ごめん、そうじゃなくて……! ただなんとなく、昔のことと向き合おうかなと、思って……」

桐は岸野君というワードを聞いた瞬間、スマホ越しに声を荒らげて私のことを心配してくれた。

まさか今も同じクラスにいるだなんて、口が裂けても言えない。これ以上余計な心配をかけたくない。

疑心を抱いている桐を宥めると、彼女はとても低くうんざりした声で、ポツリとつぶやいた。

『大手繊維会社のぼんぼんらしいよ。でっかいお屋敷に住んでるって聞いたことあるけど、場所は不明。今は県外の高校に通ってるって聞いたけど、まあ、あくまで噂だから』

「県外の……」

どうしてそんな噂が流れているのだろう？　そんなデマをいったい誰が流したんだろう。

『あ、そういえば、大っぴらにはしていなかったけど、ひいおじいちゃんが有名な画家だったはず』

「え……？」

『もしかしたら知ってるかもだけど、芳賀義春とかいう……』

「えっ、それ本当に!?」

『う、うん……。そんなに有名な人なの？』

とんでもない事実に、私は思わず大声を上げてしまった。

いくら家の中とはいえ、こんなに大きな声を出したのはいつぶりか思い出せないほどだ。

まさか、ずっと敬愛している画家のひ孫が、成瀬君だったなんて。

興奮でなかなか頭の整理がつかない。

きっと今まで何度か芳賀先生のことを考える瞬間はあったはずだから、成瀬君も私が芳賀先生のファンであることは知っていたはずだ。

打ち明けるタイミングがなかったのか、言うつもりはなかったのか……。

「あ……！」

『ん？　どうしたの？』

私はあることを思い出し、思わず声を上げてしまう。

成瀬君がいつかこの能力は遺伝性だと言っていたけれど、まさか芳賀先生も能力者だったのだろうか……？

ドクンドクンと心臓の音が速まって、芳賀先生の作品が走馬灯《そうまとう》のように過る。

『半透明のあなたへ』という作品は、自分のことを許してもいいのかという葛藤の末に生まれたと、解説があった。それに芳賀先生は、極端に人との関わりを避けていたという情報も、どこかの資料に記載されていた気がする。

十字架を背負っているような生き方や、人との繋がりを拒むところが、成瀬君と共通している。

真相は分からないけれど、芳賀先生も能力者だったという可能性はゼロではない。

『柚葵……？　もし何かあったのなら、すぐに言ってね。昔のこと聞いてくるなんて珍しいから……』

「心配かけてごめん。ちょっと彼に似た人に会って、思い出しちゃって」

『そう、ただそれだけなら、いいんだけど』

桐に本当のことを隠すのはとても心苦しく感じたけれど、自分の中の整理がついたら、成瀬君のことをいつか伝えよう。

私は、桐にお礼を伝えて、静かにスマホを切った。

そして、このタイミングで北海道に行くことになったことに、何かしらの運命を感じていた。

○

祖母の家と芳賀先生の美術館は、同じ札幌《さっぽろ》市内にある。

九月の北海道はとても過ごしやすく、観光客もこの時期には多い。

ギリギリで取れた飛行機に乗って、私たち家族は札幌市内にたどり着いた。

タクシーを使って、畑に囲まれた祖母の家に到着すると、巴は久々に会う祖父母を前に、はしゃぎまくっていた。

「おばあちゃん、おじいちゃん！　巴でんぐり返しできるんだよ、見てて！」

「あらあ、もうそんなことができるようになったんか、巴ちゃんは」

祖母は巴のわがままにずっと付き添ってくれて、祖父もそんな巴を微笑ましく見守っている。

私と両親は、朝食を食べ終えた後、ぐったりとソファーに突っ伏していた。

久々の長旅で疲労が溜まったのだろうか、足腰が重い。昨日のお昼頃に着いてすぐに寝たにもかかわらず、あまり疲れが取れていない気がする。

「柚葵ちゃんは、大学受かったらこっちへ来るかもなんかい？」

【うん、受かったらだけどね】

白髪のパーマが似合っている祖母の言葉に、私は自信なさげにメモを見せる。

祖父と祖母は、実家以外では私の声が出なくなってしまったことについて、深く聞かないでいてくれる。

「そうかぁ。こっちは寒いけれど、美味《うま》いものはたくさんあるから。寂しくなったら来なさい」

【うん、ありがとう。おばあちゃん】

お礼を伝えると、今度は丸眼鏡で少し色黒のおじいちゃんが、巴とおやつを食べながらこっちに向き直った。

「そういえば、今日はどこか遊びに行くんかい？」

【札幌の美術館に行ってくるね】

「そうか。巴ちゃんは見てるから、ゆっくり楽しんで来なさい」

おじいちゃんのその言葉に、私は笑顔で大きく頷く。

自分には、当たり前のように優しいおじいちゃんとおばあちゃんがいる。

成瀬君は、いったいどんな家族と一緒に、過ごしてきたんだろう。家族は能力のことをどんな風に受け止めてきたんだろう。そして、曾祖父である芳賀先生は、いったいどんな人だったんだろう。

自分の環境を俯瞰《ふかん》で見ると、成瀬君に対するいろんな疑問が浮かび上がってくる。

今はただ、進んでいくしかない。

芳賀作品に何かヒントがある予感がして、私は美術館へと足を運んだ。


外から見ると四角い箱のような、とてもシンプルな建物。この美術館にやってくるのは、もう五回目だ。

チケットの買い方も慣れたもので、少し並んでから展示室に進むことができた。

壁も床も真っ白で、建物の真ん中には美しい庭園がある。それを右手に見ながら〝コ〟の字に進んでいくというルートも、頭の中に刻み込まれている。

芳賀義春先生の作品だけがあるわけじゃないけれど、彼の作品はほとんどここに残されている。

初めてここに連れてこられた時、脳内に衝撃が走ったのを今でも覚えている。

水の中に浮かび上がっているかのような透明度の高い色合いに、繊細でやわらかなタッチ。触れたら消えてしまいそうなのに、絵の世界に引き込む力がある。

今まで見てきたどんな絵画より、美しく見えた。

私は、初期作品をひとつひとつ眺めながら、ゆっくりと足を運んだ。

不思議と、一歩進むごとに、自分の中の気持ちが整理されていくのを感じる。

あの日の出来事を、ゆっくり思い出してみる。

私の声を奪ったのは自分だと、成瀬君は言った。とても苦しそうな顔をして。

驚いたし、ショックだった。心を開きかけた人が、思い出したくない過去そのものだったから。

今まで黙っていたことが許せない。正直、そんな感情も浮かび上がった。

だけど、そうと知ってから、今までの成瀬君を振り返ると、彼はどこまでも誠実でいてくれたように思う。

廊下でぶつかった時も、能力の秘密を打ち明けてくれた時も、文化祭で助けてくれた時も、スケッチさせてくれた時も……。

彼はいつも自分の中にある罪の意識と葛藤しながらも、私の弱さと向き合ってくれた。今の私を〝見て〟いてくれた。きっと〝私〟を見ることは、とてもとても辛かったはずなのに。

逃げないでいてくれた。助けてくれた。正直で……いてくれた。

そして、私が心を開けば開くほど、成瀬君は悲しそうな顔になった。

……ねぇ、成瀬君。

〝好きだ〟と言ってくれたのは、本心だと思っていいの？

罪悪感も何もかも取っ払った君の、心の声だと、そう思ってもいいの？

分からないまま、私はついに今日一番見たかった、大好きな絵の前にたどり着いた。

壁一面のスペースを取って、床から天井まで届く大きな絵画だ。

絵画の前には、【半透明のあなたへ】と書かれた金のプレートと、説明文が添えられている。

絵を見る前に、私は数秒目を閉じて、心の中のノイズを鎮める。

何か答えがあるかもしれない……なんて、根拠のない期待だけでここまで来てしまった。

どんな些細《ささい》なことでもいいから、私は、知りたい。成瀬君のことを。

ゆっくりと瞼を開けて、カーテン越しに涙を流しながら微笑む女性の絵を見上げると、つうっと雫《しずく》が頬を伝った。

ああ、そうか。この絵を見てやっと分かった。

芳賀先生はやっぱり能力者で、この女性は生涯《しょうがい》愛した人だったんだろう、ということが。

汚いものも美しいものも透けて見える世界の中で、たったひとつ信じたいものを芳賀先生は描いたのだ。

自分を許せるのは自分だけだということに、芳賀先生はこの絵を描いた時に気づけたと、資料に残していた。風で少しだけめくれたカーテンの描き方から、まさにクリアになった世界が表現されていることが感じられて、涙が止まらない。

はらはらと落ちる涙をそのままにして、私は成瀬君のことを思った。

——私は、汚いものも、許せないものも、怖いものも、葛藤も、全部取り払って、成瀬君だけを見たい。大切な人だけを見たい。芳賀先生のように。

だから、私の何が透けて見えても、恐れないでほしい。信じてほしい。

『成瀬君……』

胸の中で彼の名を呼んでみる。

私は、チケットを握りしめたまま小走りで館内を出ると、成瀬君に電話をかけた。

2コール、3コール……彼が出るまで、私は諦めなかった。

避けられている可能性も十分ありえたけれど、そんなことで逃げるのはもう嫌だった。

一分以上が過ぎたその時、ついにコール音が途絶えた。

『……もしもし』

自分でかけたはずなのに、ドクンと心臓が跳ね上がった。

その時、自分の声が出せないことも忘れて電話をかけてしまったことに気づき、頭の中が真っ白になっていく。

『もしもし、志倉？　今家じゃないのか？』

どうしよう。電話越しじゃさすがに心を読み取ってもらえないのか。でも、彼の声を聞きながら会話がしたい。

迷っていると、成瀬君は何かを察したのか、『電話繋ぎながらチャットで送って』と提案してくれた。私は言われたとおりにチャットを起動し、成瀬君にメッセージを送る。

【突然ごめんなさい。今北海道にいて】

『え？　なんでそんな遠いところに』

【おばあちゃんの家があって、急に呼ばれました】

思ったよりも普通に会話ができていることに驚く。

もう、一週間以上学校では避けられていたから、話してくれないのかと思っていた。

私はスゥッと息を吸ってから、自分が伝えたいことを書いて整理する。

【成瀬君が岸野君だって知って、正直すごくすごく驚いた】

『……ああ』

【なんで隠してたのって、裏切られたような気持ちにもなった】

成瀬君はスマホの向こう側で押し黙ってしまった。

だけど私は、感じたことをそのまま全部伝えるつもりで、文字を打ち込み続ける。

【でもそれ以上に、戸惑った。成瀬君はもう私と一緒にいてくれないかもしれないって、そう思ったら、怒りより悲しみが勝った】

『なんだよ、それ……』

【もう同じ目線で、私のことを見てくれないのかと思ったら、辛かった】

『な……んでだよ。俺のことが憎いだろ、怖いだろ……。そんな同情みたいなこと、お前は言わなくていい』

成瀬君が珍しく感情的な声を上げるから、私も自分の中のストッパーを完全に外すことができた。

もう自分の気持ちを、閉じ込めたりしない。

大切な人を、失いたくないから。

涙で震えそうな吐息《といき》を必死に隠して、私は私の全部をさらけ出す覚悟を決めた。

【成瀬君のこと、恨んであげないよ】

『は……？』

【恨んであげない。成瀬君が、私に恨まれることを理由に、幸せになることを放棄《ほうき》するなら、絶対に恨んであげない】

『志倉……？』

【だから、私にも、成瀬君の本心を聞かせてほしい】

いったい、何夜、何か月、何年、罪の意識に囚《とら》われていたのか知れない。

過去はやり直せないし、生まれ持って与えられたものには逆らえない。

だけど、それも含め自分の人生だと受け止め、未来と向き合える世界まで、いつか来てほしい。自分を責め続けて、これ以上自分が生きていく世界を決めつけないでほしい。

私は、待ちたい。成瀬君が、半透明の世界から抜け出してくれる時を。

ねぇ、きっと、私たちの間にあるものなんて、あの絵のように、カーテンを一枚隔てたくらいのものだよ。

風が吹けば飛んでいってしまうような、そんな程度のものだよ。

だから勝手に、自分の世界を線引きしないで。ちゃんと私を〝見て〟。

『なんでだよ……。お前はいつも……』

しばらくの沈黙の後、成瀬君は脱力したように声を漏らした。その声は、少しだけ震えて聞こえた。

『お前はいつも……、簡単に俺の罪悪感を乗り越えていくんだ……。自分を許すことはできない。許すつもりもない。だけど……』

語尾の言葉が、どんどん掠《かす》れて聞き取りづらくなっていく。

成瀬君の本心が見え隠れする言葉に、胸がちぎれそうになる。

一言も聞き逃さないように、私は息をひそめた。

『だけど……、お前と話せない一週間が、現実じゃないみたいに長く感じたんだ……』

【成瀬君。私は、成瀬君に伝えたいことがある】

『言うなよ』

低い声で制されて、私はびくっと肩を震わせた。

想いを伝えることすら拒まれたのかと落ち込んでいたら、すぐに彼の声が鼓膜を震わせる。

『志倉が好きだ。それが俺の、本心そのものだよ』

地声より、少しだけ低い声で、そう囁かれた。

今、どんな顔をして言っているの。分からないから、早く会いたいと思った。

ただただ、成瀬君に会いたいという気持ちだけが、雪のように降り積もっていく。

自分のことを好きになってくれる人が現れる日が来るなんて、想像もしていなかったよ。

抑え切れない涙が、頬を伝い、顎を伝い、スマホの画面を濡らしていく。

『許さなくていいから、志倉に会いたい』

私も、会いたい。成瀬君に会いたいよ。

成瀬君の言葉ひとつひとつが、自分の鼓動となって、心臓に刻み込まれていくみたいだ。

言葉に形はないけれど、このまま、自分の体の一部になってしまえばいいのに。

『……なあ、今、どんな顔してんの？　泣いてんの？』

【泣いてないです】

私は急いで涙を拭って、はなをすすった音が聞こえないように必死に我慢する。

すると、成瀬君はまるでひとり言を言うかのように、ポツリと声を落とす。

『……俺の心も、志倉に読めたらよかったのにな』

【それってどういう意味？】

『俺がどんなに志倉を想ってるか、読んでもらえたら、楽だったのに』

それはつまり、私になら心を読まれたっていいってこと？

なんでだろう。どんな言葉より、その言葉が嬉しくて、胸の中がぎゅうっと苦しくなる。

そうだね。これが電話じゃなければよかった。

そしたら、この言葉にできないような、苦しくて張り裂けそうな感情も、全部成瀬君に伝えられたのに。

もし、成瀬君が今目の前に現れたら、強く強く抱きしめる。
まだ粗削《あらけず》りなこの感情を、そのまま成瀬君の鼓動に刻みたいから。

体温と感情

Ｓｉｄｅ成瀬慧

志倉に気持ちを伝えるつもりなんて、一ミリもなかった。

それなのに、気づいたら口から言葉が溢れ出ていた。

だから、もう、何もかも明かして壊すしかないと、瞬時にそう思ったんだ。志倉のことを傷つけて、遠ざけて、ほとぼりが冷めた頃に記憶を消して、全部何もなかったことにしようって。

志倉との思い出も、俺のこの感情も、最初から全部全部なかったことにしようって……。

それなのに、どうして……。

【成瀬君のこと、恨んであげないよ】

どうしてそんなに、まっすぐなんだ。

どうして、俺の中の罪悪感とも、向き合ってくれるんだ。

傷つけたのは俺なのに。傷ついたのは志倉なのに。志倉の世界を変えてしまったというのに。

それなのに、俺の本心しか、聞きたくないと言ってくれるのか。

そんなの、もうとっくに、溢れ出していた。

自分の弱さと向き合う強さも、変わりたいと立ち向かう勇気も、人の痛みに敏感すぎる優しさも、全部、全部。

全部が、俺にとって眩かった。光のようだった。絶対に壊したくないと思った。

傷つけたくないから、そばにいてはいけない、でもそばにいたい。その繰り返しで、何度も過去を思い出して自分の気持ちに蓋《ふた》をした。だけど、その蓋を志倉がこじ開けた。

『成瀬君の本心を聞かせて』

そう言われたあの瞬間、抑えていた気持ちが溢れ出してしまったんだ。

——岸野明人として生きていたあの頃、俺は志倉のことが憎かった。

親は〝息子の奇妙な能力を隠したい〟という自分勝手な理由だけで、俺の存在を残さないために、偽名での入学手続きを行ったのだ。父が金で解決したことを知った時は、心の中が空っぽになったのを覚えている。

もちろん、偽名で過ごすことに抵抗があった俺は父親に激しく抗議した。そして、

『能力を隠すことを前提とするなら、高校からは本名で過ごしてもいい』と父に説得され、できるだけ人と関わらずに過ごすと決めた。高校生になるまでの時間は途方もなく感じたけれど、自分の本名を取り戻すために父の言葉を信じるしかなかった。

父がそこまで神経質かつ横暴《おうぼう》になったのには理由があった。

幼い頃、父の取引先の人の前で、父の本心を声に出してしまい、大きな仕事を破談にさせてしまったことがあったのだ。

当時のことは覚えていないし、両親も触れてこないけれど、相当その場の空気を凍りつかせてしまったらしい。

そして父は恐怖した。

将来、自分の息子に、何か自分の弱みを握られてしまうかもしれないと。心読みの能力を自分にとって不利益なことに利用されたら困る——だから誰にも知られてはいけない。そう思った父は、心読みの力は〝悪〟だと……〝隠すべきもの〟だと俺にしつこく言い聞かせたのだ。

その事件以来俺は、一切親に信用されていないし、本当に化け物だと思われている。化け物は大人しく、人様の迷惑にならないように、静かに生きていかねばならないと、何度も言われてきた。

万が一、能力が露呈《ろてい》した時、成瀬家の人間だとバレないようにするために、父は変装まがいのこともさせた。茶色がかった地毛は黒染めにされ、顔を覚えられないようにと、黒縁《くろぶち》の伊達《だて》眼鏡もかけさせられた。

偽名で入学するため最初から小学校は私立一択。勉強やスポーツで目立つと『お前が目立ってどうする。私たちの努力を水の泡《あわ》にする気か』と繰り返し叱責され、何も頑張らないと決めた。

そんな時、俺と同じように〝消えてしまいたい〟と思っている子をクラスで見つけたのだ。

自分の本心を押し殺して、へらへら笑っている女子——志倉を見たら、黒い煙が胸の中に広がっていくようなイラ立ちを感じた。

〝普通〟に生きていける人間なのに、なんで消えたいなんて思っているんだ。だったら、俺の人生と交換しろよ。取り替えてくれよ。

俺の代わりに、透明人間になってこの世をクラゲみたいに死ぬまで彷徨《さまよ》ってくれよ。誰にも見てもらえずに。誰にも覚えてもらえずに……。

『お前なんでそんなに本心と違うことばっか言ってるわけ？』

『気持ち悪いんだけど、その笑顔』

『可愛くないって思ってるんなら、そう言えばいいじゃん』

火花のようにイラ立ちが弾けて、気づいたらあんな言葉を放っていたんだ。

志倉は、目を見開くと絶望したような顔をして、喉を押さえて座り込んだ。

あの映像が、スローモーションのように瞼の裏に焼きついている。

言ってから、激しく後悔した。声が出なくなった志倉を見て、取り返しのつかないことをしたのだと理解した。

俺は、言葉で、この子を殺した。

何も悪くないこの子を、自分勝手な感情で、殺したんだ。

そして、廊下からその様子をたまたま見ていた女生徒が、ものすごい形相《ぎょうそう》で志倉のもとへ駆け寄り、俺を問答無用《もんどうむよう》でビンタしたのだ。たぶんその生徒が、今も志倉と仲のいい同級生なのだろう。

だけど、何の痛みも感じなかった。目の前で喉を押さえながら震えている志倉に対して、荒波のように罪意識が押し寄せる。

志倉の恐怖心がダイレクトに体の中に流れ込んで、俺は言葉を失った。何も言えなかった。消えたいどころではなかった。あの日俺は……死にたいと、思ったんだ。

それからずっと、そんな感情を頭のどこかに浮かべながら、中学・高校と進学し、陸上競技と出会い、走り続けてその空虚《くうきょ》な感情と戦って生きていた。

でも、延命《えんめい》治療のような行動も強制退部によって、ついに終わりが来たんだ。

もういい。俺はもうこの苦しみを誤魔化す術《すべ》を知らない。人生の終わりが分からないことが、こんなにも絶望的だなんて。こんな苦しみは誰にも分からない。

現実逃避できる唯一の場所を失った今、親との関係性をどうやって断ち切るのか。そのことしか頭になかった。ひとりで静かに生きていきたい……願いはそれだけだった。

そう思っていた時に──高校生になった志倉と、再会したんだ。

神様のいたずらかと思った。もう二度と会えないと……いや、会ってはいけないと思っていた人が、目の前に現れた。

頭の中が真っ白になった状態のまま、ふと彼女が落としたスケッチブックに視線を落とすと、信じられないものが目に入る。

罪悪感そのものだった彼女が、俺の走る姿を絵にしていた。紙の上の俺は、本当に美しく描かれていたのだ。

その瞬間、涙が溢れてきた。

許してほしい。俺の全部をあげるから。俺が君の声になるから。瞬間的に、そう神に願っていた。

どうかこ彼女の瞳には、いつまでも美しい世界が映りますようにと。

だけど彼女は、俺のことを恨んでもくれない。

岸野明人として生きていたあの過去も受け止めて、〝今〟の俺の気持ちが知りたいと、言ってくれたのだ。

奇跡のような、ことだった。

大切な人なんて、生涯作らないつもりでいた。

だけど、透明人間みたいに生きていた俺を、志倉だけが見つけてくれた。

この瞬間だけの、夢や魔法だったとしてもいい。

今、自分の体が幻のように透けてなくなったっていい。

風に飛ばされて消えたっていい。

君が見つけてくれた。

それだけで、世界の美しさに触れられた気がしたんだ。

○

十月に入ると、少しだけ冷えるようになった。

志倉にメッセージを送ろうとしたけれど、何も言葉が見つからなくて、今までどんなやりとりをしていたか見返していたら、あっという間に放課後になってしまった。

電話越しの彼女は、たぶん、泣いていた。

心の声を聞かずに会話をすることがこんなに怖いことなんて、知らなかった。

もしかしたら、あの日のことは本当に俺の都合のいい夢のような気もしてきた。

なんて思っていると、メッセージの受信でスマホが震える。

すぐに開くと、【放課後、美術室に来れますか】と、シンプルな言葉が届いていた。

俺も【うん】とだけ返して、彼女と時間差になるように少し遅れて教室を出る。

「成瀬」

しかし、教室を出たところですぐに誰かに呼び止められた。クラスメイトの南だった。

「……なに？」

掴まれた腕を振り払い、冷たく聞くと、南は気まずそうに目を泳がせる。

「ごめん。まだ怒ってる？」

「怒ってない」

「嘘だ、怒ってるじゃん……」

すぐに去ろうとしたけれど、珍しく本当に落ち込んだような声を出すので、俺は彼女の心の声に耳を傾けた。

さすがに言いすぎたこと、志倉を傷つけてしまったことを、本当に反省しているようだ。

思ったことをそのまま言ってしまう性格は、良くも悪くも素直さが影響しているのだと思う。

「お前、俺のこと好きなの？」

「えっ、えっと……、うん」

俺の唐突な質問に、南は一気に赤面し、誤魔化す余裕もなく、うんと頷く。

ずっと好意が駄々漏れていることには気づいていたけれど、〝答えが分からない〟状況が一番辛いことを、俺も少しは知っているから。

だから、心が読めたとしても、人の気持ちには、ちゃんと向き合わなければと思った。

そう思えたのは、間違いなく、志倉がいたから。彼女が、俺の本当の気持ちと、まっすぐ向き合おうとしてくれたから。

ようやく、人と関わることの大切さに、今気づけた気がしている。

「俺、好きな子いるから」

ストレートにそう伝えると、ズキッという痛みが、目の前にいる南と共鳴して心臓に走る。

「それって、志倉さん？　あ、ごめん、煽《あお》るとか、もうそういうんじゃなくてただ……」

「うん」

「あ、そう……なんだ」

頷き即答した俺に対して、また心臓に響くくらいのショックを受ける南。

そうなるのだったら、聞かなければよかったのに、と思う。

南の様子をほんの少しだけ心配に思っていると、意気消沈《いきしょうちん》している様子だった南から、意外な心の声が聞こえてきた。

『ここまではっきり言うなんて、志倉さんに相当マジなんだ。じゃあ、もう、切り替えてかなきゃダメじゃん、私。絶対無理じゃん。成瀬が人を好きになるハードル高いの、嫌ってほど分かってるし』

前向きな言葉が聞こえてきて、正直に答えてよかったのか、と少しほっとする。南の気持ちが吹っ切れる材料になれたのなら。

「もしうまくいっても、教室でいちゃつかないでよね。腹立つから」

「なんだそれ」

「じゃあね」

南は最後まで強気な言葉を投げつけて、去って行った。

誰かを好きになるという感情は、今まで何度も読み取ってきた。

それはとても儚くて、温かくて、脆くて、不安定で、読み取るたびに心臓がじれったくなるような、そんな感情で。

自分に好意が向けられていると分かった時は、わざと嫌われるようなことをして、人を遠ざけていた。俺のような人間が、人と距離を縮めていいことなんて何ひとつないと思っていたから。

本心を読んで傷つくことが嫌だったから、人との距離を一定に保つことは防衛本能のようなものだった。

だけど今は、昔の自分はなんて残酷なことをしていたんだろうと思う。

俺はずっと、心が読める力を使って、自分の心だけを守ってきたんだ。

こんなに心の汚い自分が……、志倉に会いに行ってもいいのだろうか。

悶々としながら歩いて、美術室前に着いたけれど、俺はその場に立ち尽くしてしまった。

この行動は、正しいだろうか。いつか志倉のことを傷つけやしないだろうか。あの日のことは、志倉の本心だったんだろうか。

会ったら、すぐに分かってしまう。何もかも。

——怖い。今まで何も恐れていなかったことが、途端に恐ろしくなってしまった。

相手にどう思われているかを知ることは、こんなにも勇気がいることだっただろうか。

さっきの南の苦しそうな顔が思い浮かんで、俺は美術室のドアに手をかけたまま、開けることができない。

そう思っていると、かすかに志倉の心の声が聞こえてきた。

『会いたい』

『会って早く、気持ちを伝えたい』

『気恥ずかしくて朝は避けてしまったことを、謝りたい』

ふわんふわんとシャボン玉のように浮かんでくる感情たち。

強張っていた体の力が徐々に抜け、気づいたら手が勝手にドアを開けていた。

「志倉」

名前を呼ぶと、イーゼルの前に座っていた志倉がパッと顔を明るくさせて、こっちを向く。それだけで、胸の端っこがくすぐられたように、むず痒《がゆ》くなる。

窓を開けていたのか、ちょうど強い風が吹いてカーテンが大きく膨らみ、志倉の姿を覆い隠してしまった。

急に視界を遮られた彼女は、猫のようにカーテンの中でもがいている。俺はそっと志倉の近くに寄り、カーテンの中に入り込んだ。

『うわっ……、びっくりした……』

「朝はよくも無視してくれたな」

クリーム色のカーテンに包まれながら、俺は志倉のことを上から見下ろす。

俺の冗談めいた言葉を真に受けた彼女は、焦ったように心の中に言葉を並べる。

『なんだかちょっと気恥ずかしくて……ごめんなさい、避けました』

「冗談だって。北海道、寒かった？」

『あ、全然。むしろちょうどいい気候で……』

「なんでこっち見ないの？」

『だってなんか、ふたりきりみたいで』

最初からふたりきりではあるが、カーテンで隔てているせいで、余計に閉塞《へいそく》感を抱いたのだろうか。

一度も目が合わないことに、妙に腹が立つ。

でも、久々に見た彼女に、愛《いと》しい気持ちがすぐに溢れ出して、苦しくなった。

志倉の感情も一緒になって聞こえてくるので、心臓が騒がしい。この鼓動が自分のものなのか、志倉のものなのか、分からなくなるほどに。

しばらく見つめ合っていると、志倉はずっと聞きたがっていたことがあるようで、それを心の中で問いかけてきた。

『あの、芳賀義春先生は、成瀬君のひいおじいちゃんなの……？』

「ああ、そのことか……。誰かから聞いた？」

『うん、勝手に聞いてごめん。でも、少しでも成瀬君との昔のことを思い出したくて』

「そんなこと思い出したって――」

辛いだけだろ、と言いかけて、口をつぐんだ。

志倉はそんな俺に対して、何も動じずに疑問を投げかけてくる。

『芳賀先生も、心を読める能力を持っていたの？』

まさか、そんなことまで知っていただなんて。

俺が前に〝遺伝性〟だと言ってしまったから、予想がついてしまったのか。

あの頃はまだ、志倉が曾祖父のことを知っているとは思っていなかったから。

少し驚いたけれど、俺は静かに頷く。

『やっぱりそうだったんだね』

「好きな画家がそんな奇病を持っていたら、悲しむと思って言えなかった」

本心をそのまま伝えると、志倉は一瞬泣きそうになった。

そして、俺になんて言葉を返したらいいのか分からないまま、感情をぐちゃぐちゃにしている。できることなら、俺だって読み取りたくない。

『成瀬君は、その能力が、憎い？』

まっすぐな目でそう問われ、俺は表情を固まらせた。

志倉は、俺の本心しか知りたくないと思っている。だから嘘はつきたくない。

でも、これ以上汚い自分をさらけ出して、嫌われたりしないだろうか。本当の自分を知ってもらうことが、こんなにも怖いだなんて。

だけど、それ以上に、俺は志倉に近づきたい。

「憎い……。俺は俺が、この世で一番嫌いだ」

『うん』

「こんな能力がなければ、志倉を傷つけることもなかった……」

どんな顔をして答えたらいいのか分からなくて、俺は顔をうつむかせる。

思ったより言葉は弱々しく掠れて、空気をかすかに震わせる程度の力しか持っていなかった。

どうあがいたって、志倉の声を奪った事実は消えない。罪の意識と、彼女への想いは拮抗《きっこう》するばかりだ。

志倉の心理を知るのが怖い――、そう思っていると、聞こえてきた言葉は、予想外のものだった。

『やっと聞けた』

「え……？」

『成瀬君の本音、やっと聞けた。……ありがとう』

「お礼言うの、おかしくない……？」

『おかしくないよ。私の気持ちが読めてしまうのに、それでも自分の本当の気持ちを教えてくれるのは、ありがとう、だよ』

そう言いながら、志倉は頭の中で過去の映像を思い出しているようだった。

俺が、岸野明人という偽名を名乗って、汚い言葉を吐き捨てたあの日のことを、志倉はきっと一生忘れないだろう。

志倉の中で、岸野明人の映像と、今の〝俺〟が、ゆっくり重なっていくのを感じる。

過去から逃げ出したくなったその瞬間、志倉は俺の手をぎゅっと握りしめてきた。

『心が読めちゃうのって、どれほど怖いことなんだろう』

ポツリとつぶやかれた言葉に、なぜか胸が締めつけられる。

そんなこと、両親にも一度も言われたことがなかった。〝俺側〟の気持ちを想像することなんて、一度もされたことがない。

『私は、この先も小学生の時の記憶を引きずって生きていくかもしれない』

「……ああ」

『でも、それでも、一緒にいてほしい。心の傷を塞《ふさ》いでくれるような人がいるなら、それは、成瀬君がいい。私といることが怖くても、目を背《そむ》けないでほしい……』

「なんで、そこまで……」

『私が過去を乗り越えられる日を、ちゃんと見届けてほしい。そしたら、成瀬君も、自分自身をもう許してあげて』

彼女が俺の手を握りしめる手に、どんどん力が入っていく。

その手が少し震えているのを見て、俺はもうどうしようもないほど泣きたくなってしまった。

これ以上ない言葉を、必死で伝えてくれた志倉に、俺は何が返せるだろう。

こんな俺に、自分のことを許す道しるべを与えてくれたというのか。どうしてだ。どうしてそこまで、俺と向き合ってくれるんだ。

夕日が志倉の細い髪を照らし、金の糸のように輝かせている。秋の少しだけ肌寒い風が吹くたびに、その糸は揺れ、カーテンは波打つ。

怖くても、逃げないでほしいと、志倉は言ってくれた。

その言葉に、俺は甘えてもいいのだろうか。

その揺れる瞳に、自分の姿を映してもいいのだろうか。

神様が今この光景を見ていたら、なんて言うのだろう。教えてほしい。俺がバカなことをする前に。

「柚葵……」

俺の手を握ったままの志倉の手ごと、自分の顔に近づけた。

それから俺は、彼女の手の温かさを頬で感じ取りながら、もう一度目を合わせる。

「柚葵」

しっくりくる。俺はずっと、こうして下の名前で呼んでみたかったのかもしれない。

『あ、あの、手が……』

「柚葵と一緒にいられる方法を、探してみる」

『え……？』

「一緒にいたいから」

この手の温かさを知ってしまった。だから、もう離したくない。失《な》くしたくない。

胸が張り裂けそうなほど、柚葵が好きだ。

だから、どうか、光を見つけられますように。どんな小さな光でもいいから。

俺はただ、大切な人を、大切にしたい。それだけだ。

頬を赤らめたまま驚き顔で俺を見つめている柚葵を見たら、守りたいと思う気持ちに拍車《はくしゃ》がかかった。

愛しさを噛みしめていると、柚葵が少し照れくさそうに小さく口を開く。

『成瀬君、あのね、ひとつお願いがあるの』

「ん？」

『いつか一緒に、芳賀先生の美術館に行きたいな』

「分かった。……必ず行こう」

当たり前のように未来のことを約束してくれる柚葵に、簡単に涙腺《るいせん》がゆるむ。
よかった、柚葵に心を読む能力がなくて。
どれだけ大切かを知られてしまうのは、なんだか気恥ずかしいから。
今は、握りしめた手から漏れてしまう程度の気持ちで、十分だった。

第四章

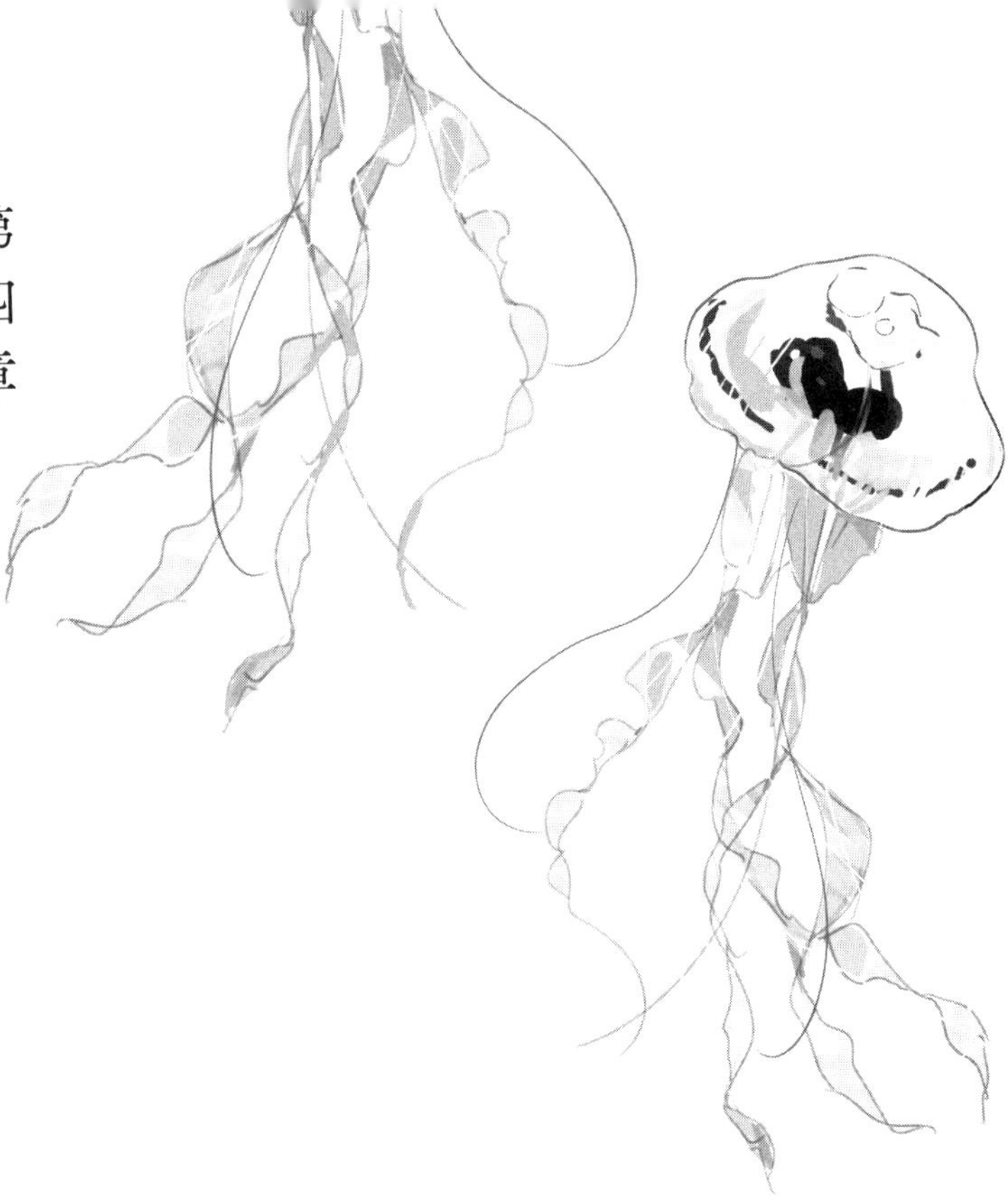

そばにいる方法

ｓｉｄｅ志倉柚葵

『柚葵と一緒にいられる方法を、探してみる』

そう言って、成瀬君は私の手を強く握りしめた。

こんなに近くにいるのに、私は成瀬君の心を読み取ることはできない。

成瀬君はきっと、能力を消す方法を探しているのだろう。

消さないと、私のそばにいることはできないと、そう思っているのだろう。

成瀬君が今まで自分の能力とどう向き合ってきたのかを知らないから、何も言うことができなかったけれど、私は彼にどんな力があろうとなかろうと、一緒にいたいと、思ってしまったのだ。

いつかふたりで一緒に美術館に行く。そんな未来の約束ができただけで、今は十分だった。


「柚葵！　受験勉強中？」

「わっ、びっくりした！　桐、いつの間に」

「えへへ、サプライズ」

夜の二十時。自宅で筆記試験の対策に黙々と取り組んでいると、桐がひょこっと自室のドアから顔を出した。

どうやら予備校帰りに歩いていたところを私の母親に見つかり、家に寄っていきなよと誘われたらしい。桐とは、私の家の中だったら普通に話すことができる。

桐はコンビニ袋に入ったお菓子を「勉強中は甘い物摂取《せっしゅ》しな」と言って差し出した。

「ありがとう。わあ、私が好きなのばっかり！」

「柚葵の好みは分かりやすいからね。ミルク系で、濃厚で、甘いやつ」

「私も今度お返しするね」

「いいって。一緒に食べよ？　あんまり根詰めすぎてもよくないからさ」

桐は床にあるクッションに座ると、ミルクチョコレートの箱をベリベリッと開けて、同じように床に座った私の口の中にチョコを放り込む。ふざけて食べさせてくれたのだと思うけど、今の自分はまるでペットのようだ。

「いっぱい食べて大きくなりなー」

「はは、もう十分大きいよ。これ美味しい」

「ふふ。柚葵、なんか最近幸せそう。なんかあった？」

「えっ」

桐の大きな瞳に見つめられて、私はドキッとした。

「なんか、いつもより笑顔が明るい」

成瀬君とのこと、いつか打ち明けようと思っているけれど、いったいどこまで話していいのか分からない。

それに、私たちの今の関係に、とくに名前はついていない。

私も自分の気持ちを伝えられたはずだと思っているけれど、そういえば好きとは言っていないような気もする。

でも、私の感情は読まれているわけで、成瀬君のことを好きになってしまったのは筒抜けだと思うんだけど……。

ぐるぐる考えていると、桐がニヤニヤした表情で私のことを見ていることに気づいた。

「分かった、好きな人できた？」

「えっ、いや、えっと……！」

「分かりやすすぎ。誰？　クラスメイト？　予備校の人？」

ずいっと聞いてくる桐に対して、私はただ顔を赤らめるだけでたじろいでしまう。

好きな人、と直接的に聞かれると、こんなにも照れくさいような気持ちになるとは。

どうしよう。成瀬君のことを好きになってしまったことを、今、言ってしまうべきだろうか。

桐はもしかしたら怒るかもしれないけれど……。

「あのね、桐」と切り出そうとすると、彼女はホッとしたようなため息をついてから、天井を見上げた。

「まあいいや、誰のことでも。恋愛感情じゃなくても。柚葵がそんな風に心を開けそうな人を見つけてくれたなら」

「桐……」

「ほんと、岸野のせいで柚葵が学校で話せなくなったことだけは、一生許せないけど。時間が癒《い》やしてくれることもやっぱり、あるんだね」

「あ……、えっと……」

言葉を挟む余地もなくそう言われてしまい、私はへたくそな笑顔を浮かべる。

桐の中で、成瀬君のイメージはあの日の岸野君のままなのだろう。

当たり前だ。桐は今の成瀬君のことも、能力のことも知らないのだから。

桐は、自分の気持ちをうまく言えずにずっとうじうじしている私を、いつも引っ張ってくれた。

他の女子に強く当たられていることを知った時は、違うクラスなのにできる限り私に会いに来てくれた。

岸野君に暴言《ぼうげん》を吐かれたあの日は、私の表情を見て私のことだけを信じて、本気で味方になってくれた。

桐には、感謝の気持ちしかない。だから正直でいたい。

「桐。あのね、私今、好きな人がいるの」

そう言いだすと、彼女は「うん」と頷いて、優しい目を向けてくれた。

「その好きな人はね……、岸野君なの」

しん、とあたりが凍ったように静まり返った。

桐は口元だけ笑顔のまま、固まっている。

「は……？」

「じ、実は本名は成瀬慧っていうの。小学生の頃はわけありで名前変えてたみたいで。で、今、同じ高校に通ってて、陸上部で有名な選手だったんだけど、今は辞めちゃって……」

「どういうこと？　ごめん、全然分かんない」

受け入れたくない、という気持ちが、桐の大きな瞳から言葉以上に伝わってきて、私は思わず押し黙る。

さっきまで食べていたチョコの甘さが一気に引いていくほど、空気が、ピリつく。

でも、私は目を逸らさずに全部を伝えようと思った。けれど、桐は歯を食いしばって複雑な感情をむき出しにしている。

「アイツが柚葵の高校にいたの？　元陸上部って……、もしかして辞めるどうのこうので校門で揉《も》めてたやつ？　ずっと暗い目つきが似てると思ってた！」

「あっ、うん。そっか、あの日桐もそばにいたもんね」

「柚葵、忘れたの？　アイツのせいで柚葵の声は奪われたんじゃん」

「うん、でもね、それはあくまでもきっかけで」

「きっかけも何も、私はアイツを許せない！　だって柚葵はそのせいで、転校する羽《は》目《め》になって……、教室で話せなくなって」

「うん……」

「私とでさえ、一時期話せなくなったって言うのに……っ」

私は自宅でも桐と話せなくなってしまった、中学二年生になるまでの日々を思い出す。

たったひとりの親友なのに。

〝あの学校〟の制服を桐が着ているからというだけで、会話ができなくなってしまったのだ。

もし、あの日声が奪われていなかったとしたら、私はきっと高校まで桐と一緒に学校生活を送ることができただろう。きっと、そんな未来もあったんだろう。

桐は、私がいなくなってからあの学校で孤立《こりつ》した生活を送っていたと、風の噂で聞いた。亜里沙ちゃんに歯向かったことが原因で、女子全員から仲間外れにされたらしい。

それでも桐は、気にせず系列校に進学し、私との関係も断ち切らないでいてくれたんだ。

桐からしたら、成瀬君は私たちの絆《きずな》も奪った人、になっているんだろう。

受け入れがたいのも無理はない。

「柚葵は、許したの？　アイツを」

涙を目にいっぱいに溜めた桐が、真剣な顔で問いかける。

成瀬君を許す、という言葉が自分の中でしっくりこなくて、私はつい言葉に詰まる。

すると、今度は心配したような顔つきで、桐は私の肩を揺すった。

「もしかして、脅《おど》されてるの？　また何か言われたとか、洗脳されたとか……！」

「違うよ！　それは違う。成瀬君を好きになったのは、私の意思だよ」

はっきりとそう告げると、桐はまた瞳の色を暗くして、感情をどこにぶつけたらいいのか分からないというように、力なくうなだれた。

そしてスッと立ち上がると、部屋を出て行こうとした。

「桐……！」

すぐに手を掴んで引き留めようとしたけれど、桐がこらえていた涙を流したのを見てしまい、私は行き場のない手を下ろした。

「岸野のことを許す柚葵を、許せないって思うのは、どうしてなんだろう……。私、何様だよって話だよね」

桐が、ぽつりと小さな声でそうこぼした。

とても苦しそうに言うから、私も思わず泣きそうになってしまった。

どうしたらいいのか分からない。

でも、ただひとつ揺るがないのは、桐も成瀬君も、私にとって大切な人だということだった。

「ごめん。少し頭冷やしてから、また連絡するね」

バタンとドアが閉まる。自分にとって大切な世界が、またひとつ閉ざされたように感じて、私はその場から動けなくなった。

未来

side成瀬慧

一緒にいたい。離したくない。

それは、生まれて初めて、自分の気持ちに正直になって、強く願ったことだった。

柚葵が望んでくれるなら、隣にいてほしい。卒業しても、この先もずっと。


柚葵と一緒にいる方法……それは、たったひとつしかない。

心読みの能力を消すこと。それだけだ。

とはいえ、人の記憶を〝リセット〟することはできても、能力が完全に消えるわけではない。

ましてや、柚葵の記憶の中から自分を消すことなんて、今の俺には考えられない。

何か他の手立てはないか、俺は片っ端から曾祖父の書斎《しょさい》を漁《あさ》ることにした。しかし、これといった手がかりは出てこない。

「ここも何もなしか」

今日も学校から帰るとすぐ、曾祖父の書斎へ引きこもり、みっちり詰まった本棚を下から順に漁っていく。一冊引き抜くと左右の本が飛び出てしまうくらい、かなりの密度で資料が詰め込まれている。途方もない作業に思えて、俺は天井の高さまである本棚を見上げると、床に座り込んだ。

ここ数日、俺の中にはある疑問がふつふつと湧き上がっていた。

どうして、曾祖父は遺伝することが分かっていたのに子を作ったのか。

苦しみと呪いを子や孫に遺伝させても構わないと思ったのか。能力が遺伝することは手記に残されていたので、知らなかったわけではない。

曾祖父は何もかも覚悟して、〝家族〟を作ったのだ。

その結果が、埃くさい部屋での生活だ。曾祖父は死に際、いったい何を思ったのだろう。いったい何を考え、絵を描き続けたのだろう。

届かぬ質問を天井に向かっていくつも投げかけていると、ふと一枚だけ板張りの天井が傾いていることに気づいた。

「なんだ、あの白いの……」

天井の隙間から、何かノートのようなものが見える。

俺はまるで吸い寄せられるかのように、机に脚をかけ、板を外してみた。すると、そこには古びたノートが隠されていた。

なぜ、こんなところに……。

パラパラとめくってみると、筆跡《ひっせき》は間違いなく曾祖父のものだった。

本人がここに隠した……？　それとも、家族の誰かが……。

いや、家族であればいっそ捨てているはずだ。これは、曾祖父自身が隠したものだ。

きっと誰かに何かを伝えようとして。

もしかしたら、柚葵と一緒にいるためのヒントがあるかもしれない。

少しの期待を胸に、俺はそのノートを開いた。

＊＊＊

拝啓　この能力を受け継ぐ者へ

まず、謝らないといけないことがある。

もしこの能力のせいで、君を苦しめてしまっているのなら、心の底から申し訳なく思う。

何か生きていく術を探して、このノートを見つけたのかもしれないが、残念ながら魔法のような解決策はない。

だが、心読みの能力を完全に消す方法ならある。それは、自分の能力に関わったすべての人との記憶を消すことだ。

私は妻との記憶を消すことが怖くその方法を試さなかったが、我々のこの奇妙な能力は、記憶と非常に強く結びついている。

親族にも、「心読みの力」が潜在《せんざい》記憶として少なからず残っているんだそうだ。運悪く、その記憶を呼び起こしてしまった者だけが、この力を受け継いでしまうのだ。眠っている能力を引き起こすために、勉学や芸術、運動など、何かの能力にも長けていることが多い。私はたまたま芸術面にその才が現れ、身分を隠すために偽名で活動し、生き抜くために絵を描いていた。

君は今、怒っているだろうか。私の代でなぜこの力を根絶《ねだ》やしにしてくれなかったのかと。

それに関しては、深い深いわけがある。

私の妻、清音《きよね》もまた、異能者だった。

彼女は、〝未来が見える〟能力を持っていた。

私は彼女と友人の紹介で出会ったが、出会った瞬間から、読心の力で彼女が普通ではないことがすぐに分かった。

異能者同士惹《ひ》かれ合うのは遺伝子的によくあることだと聞いていたが、私たちは慰《なぐさ》め合い、求め合い、当然のように結ばれた。誰にも邪魔をされない土地で静かに暮らそうと、大学を出ると北国に向かった。

子を作ると遺伝する可能性があることは知っていたが、幸い清音には未来を読む力がある。

この力が自分たちの子孫に影響する未来は見えず、私たちは手を取り涙を流した。

もしかしたら、普通の夫婦のように生きられるかもしれない。ささやかな光が差す。

しかし、運命はそう簡単にはいかない。

清音のお腹に子が宿った頃、自動車に私が轢《ひ》かれ死ぬ運命を見たというのだ。

予知能力のご法度《はっと》は、〝死ぬ運命を変えること〟だ。

そのことは、本人も私も十分承知していた。未来を変えることでどんな代償《だいしょう》が訪れるか分からないことも。

だけど、私は我が子をこの目で見たかった。自分本位な願いで、運命をねじ曲げてしまった。

生き延びた次の日、清音が未来を透視《とうし》すると、自分のひ孫に読心能力が遺伝する未来が見えた。天罰《てんばつ》が下ったのかもしれない。

私たちの身勝手な行動で未来を変えたことで、君に、辛いものを背負わせてしまい申し訳ない。

後《のち》に息子は起業し成功したが、未来の君はそんなことで幸せにはなっていないと、妻は予知した。小学生の君の未来が、彼女が予知できる限界の範囲だった。

罪悪感を抱いた妻の感情もだんだんと不安定になり、私にその感情を読まれることを恐れていた。

さらに、会社の極秘情報や自分の立場が危うくなる情報を読まれたら……と怯え始めた親族も、その恐怖心から「心読み」に対する差別的な扱いをするようになった。

そして、私は自ら引きこもる生活を望んだのだ。自分の息子さえも、私を恐れて近寄らなくなった。


たったひとりの我が子に裏切られ、親族に迫害《はくがい》される不幸な運命。こんな能力を引き継がせてしまったひ孫に対して重い責任を感じ、毎日自分を呪った。

それでも、妻は死ぬまで私のそばを離れなかった。何度も部屋にやってきては、ドア越しに話しかけてくれた。

彼女がそばにいてくれる理由は、私が傷つくことを一番に恐れていたからだ。

私はそれが、とても辛かった。同情されそばにいてもらうことほど、辛いものはなかった。

五十七歳の若さで妻は亡くなり、この世を去ることになった。私は生涯そばにいてくれた妻のことを思い出しながら、何枚も何枚も絵を描いた。

世界でたったひとり、心から信じ、愛した人。

彼女は、運命を変えてしまったことを悔やむ私に何度も、手を差し伸べ、笑いかけてくれた。そして何度も語りかけてくれたのだ。

「自分を許せるのは自分だけ、だから乗り越えてほしい。私も、あなたを失いたくない思いで、未来を知らせてしまった。罪深いのは私なのです」と。

それでも、ともに乗り越えようと、犯した罪から目を背けずに、前に進もうと、彼女は何度も言ってくれた。

私は怖くて、絵を描くことで現実逃避をし続けた。その言葉の意味に気づけたのは、彼女を失ってからだった。心が読めるのに、勝手な妄想で彼女のことを理解しようとしなかった。本当はずっと、彼女だけは、心読みの能力も、変わってしまった未来も、恐れてなんかいなかったのに。受け止めてくれていたのに。

こんな私が、君に偉そうに語れることなどあるわけがない。

だけど、一言伝えるとしたら、それは、妻と同じく、「乗り越えてほしい」という言葉だけだ。

不甲斐ない曾祖父で申し訳ない。

君の未来が少しでも明るくなることを、ひとりこの部屋から願っている。

敬具　成瀬義春

＊＊＊

ノートには信じがたい事実が綴《つづ》られていた。

俺の能力は、曾祖父の運命を変えた〝代償〟として発症したものなのか。

「なんだよ……、それ」

脱力した俺は、怒りも悲しみも抱けないまま、空虚な気持ちでノートを眺めている。

再び床に座り込み、頭を抱え込んだ。

運命の〝歪《ひずみ》〟で、俺のこの能力は遺伝したとでもいうのか。

そして、能力を消す解決法は、相手から自分の記憶を消すこと以外に存在しない。

残酷すぎる事実に、言葉が見つからない。

「記憶を消すなんて、できない……」

自分が過去に柚葵にしたことも、再会してから起こった出来事も、全部忘れることなんて、できるわけない。能力に関わった人の記憶がすべて消えるということは、俺が一度でも心を読んだことがある人の記憶がすべて消えるということなんだろう。

でも、そうしないと、俺はずっと〝普通の人間〟になれないままだ。

そばにいたい。たったそれだけのことが、とてつもなく遠い。

もう他に答えがない、という答えが早々に出てしまい、俺は途方に暮れた。

曾祖父は、いったいどんな気持ちで自分の血が受け継がれていく様子を見守っていたのだろうか。

すべて未来に託《たく》して、消えていくだなんて、そんなのありかよ。

「クソッ……」

思わずノートを机に叩きつけたけれど、ある一文が目に入ってくる。

【一言伝えるとしたら、それは、妻と同じく、「乗り越えてほしい」という言葉だけだ】

無責任に感じる。だけど、嘘偽りのない誠実な言葉だということも、痛いほどよく分かってしまった。

【同情されそばにいてもらうことほど、辛いものはなかった】という言葉にも、同じ能力者として重みを感じてしまう。

いつか、そんな風に、俺も柚葵のことを縛りつけてしまう日が来るのだろうか。この能力が、消えない限り。

世の中はあまりにも、自分の力だけではどうしようもないことで、溢れすぎている。

何もかもに絶望しかけたその時、いきなり一階から何かがガシャンと割れる音が聞こえた。

今この家には母親しかいないはず。すぐに階段を駆け下りると、そこには散らばったティーカップの破片《はへん》と、横たわる母親がいた。

「なに……、どうしたんだよ」

俺は倒れ込む母のそばに慌てて駆け寄ると、少しだけ体を揺する。

母親はすぐに目を開けて、破片が刺さり怪我をした手のひらを見つめて、ぼんやりとつぶやいた。

「あれ、ごめんね……。ちょっと立ち眩《くら》みがしただけだと思ったら」

俺はすぐに意識を集中させて、母親の心情を読み取り状況を理解しようとした。

すると、離婚準備で疲弊《ひへい》し切っていたこと、会社の引継ぎで揉めごとがあったこと、お家騒動のようなことが現状起こってしまっていること、それらすべてをひとりで背負おうとしていたことが分かった。

ここ最近は、なるべく両親と顔を合わせないようにしていたから、母親がここまで追いつめられていることに気づけなかった。

俺は母親の手のひらに布を当てて、静かにソファーに座らせる。

いつも綺麗に染めていた髪にはいくつか白髪が混じり、痩《や》せて鎖骨《さこつ》が浮き出ていた。

顔を見ることが怖くていつも目を背けていたから、こんなになるまで気づくことができなかった自分に、失望する。

「ごめんね、もう少ししたらお家《うち》のことも落ち着くから……」

「いいから、そんなこと。水飲んで。今タクシー呼んでくるから」

母がいつも通っている病院に連れて行こう。

俺は電話でタクシーを呼ぶと、母親にぎゅっと服の端を握られた。

「陸上のことや大学のこと、ごめんね……。母さんだけの力じゃ、どうにもできなくて……」

「しゃべるなって。体力奪われるから」

急にそんなことを謝られるだなんて、思ってもいなかった。

母親からは俺への罪悪感でいっぱいいっぱいになっている気持ちが、ひしひしと伝わってくる。そして、母親を苦しめているのはどちらも自分が原因だということに気づいた。

俺がこんな力を持っていなければ父親は離婚しなかったわけだし、そうすれば母親への負担もかかることはなかった。

やつれた母親の姿を見て、俺はふと柚葵と重ねてしまった。

自分が柚葵と一緒にいる未来を選べるのだとしたら……いつか柚葵は母親のようになってしまうのだろうか。

見放したら、どれだけ俺が傷つくかを想像できてしまうから、離れられないだけ、という状況になってしまうのだろうか。

そんな未来、クソくらえだと思いたいのに、気持ちがどんどん沈んでいく。

「普通の子に生んであげられなくて、ごめんね……」

母親の言葉を聞いて、頭の中で何かが弾け飛んだ。

「謝んなよ。結局、自分が化け物生んだ親だって周りにバレるのが嫌なんだろ。もう取り繕わずに、そう言えばいい。俺にはずっと本心が聞こえてるんだから」

勢いにまかせて今までの悲しみを全部ぶつけると、母親は力なく涙を流す。

つうっと一筋の雫が頬を伝い、ソファーにしみを作っていく。

「そうよね、全部聞こえてるよね、悲しかったよね……。ごめん、ごめんね慧……」

また謝りながら、ただただ涙を流す母親。

俺はもう、何も言えなくなってしまった。

怒りよりも悲しみよりも、圧倒的な絶望感が波のように押し寄せ、心を蝕《むしば》んでいく。

俺がいたから。俺なんかが生まれたから、母親は壊れてしまった。

俺は人を不幸にする——。

絶望していたその時、突然固定電話が鳴り響いた。

ひとまず母親をソファーに座らせてから、受話器を取る。

「はい、成瀬です」

『……あなた、岸野明人ですか？』

「は……？」

岸野明人、という、思い出したくないすべてが詰まっている名前を聞いて、心臓がドクンと大きく脈打った。いったい、誰が電話なんて……。

『私、同じ小学校に通っていた美園桐です。おじいちゃんから聞き出してあなたのお家の電話番号を知りました。あなたが今、柚葵と同じ高校にいると聞いたので……』

――美園桐。小学校の学園長の孫で、学内でもその気の強さで目立っていた人物だ。そして、今も唯一柚葵と仲良くしている友人。

俺に直接連絡をしてきた理由が、なんとなく想像できてしまい、額に汗が滲む。

『どうしてまた、あの子に近づいたの？　贖罪のつもり？　同じ高校になったのは偶然だとしても、何もしないでいてくれたらよかったのに』

怒りと悲しみが混じった声に、何も返せなくて押し黙る。

『あんたのせいで、柚葵が声を失った事実は一生消えない。柚葵が許したって、私が許さない』

「許してもらうつもりは、毛頭《もうとう》ない……」

『じゃあ消えてよ！　あの子の記憶から今すぐ消えてよ！』

力なく答えた俺の言葉に刺激され、美園は激しく声を荒らげた。

受話器を握りしめたまま、心を読まずとも分かってしまう彼女の激しい憤りに、打ちのめされる。

『柚葵は、転校した後も同級生が怖くて、中学三年間もずっとひとりで過ごしたの！ 私ともしばらく話せなくなって、食事も取れなくなって、でも全部自分で乗り越えて、やっと笑顔を見せてくれるようになったのに……』

「え……」

――知らなかった。まさかずっとそんな状況で過ごしていただなんて。

柚葵の家族や、周りにいた人の気持ちを想像すると、胸がつぶれそうな思いになった。

『自分の罪をうやむやにしたかった？ 柚葵に近づいて、優しい自分に生まれ変わりたかった？』

「俺は……」

『あんたも小学校のクズ同級生とおんなじだ。アイツら、偶然街で再会した時、「許してくれる？ あの時はごめんね」って……、私の隣にいる柚葵に簡単に頭下げた。反吐《へど》が出る。自分が綺麗になりたいだけのくせに。柚葵の私物を捨てたことも、集団でシカトしたことも、ＳＮＳに面白おかしく柚葵のことを書き込んだことも、全部時間が解決してくれたものだと、勝手に思い込んで、過ぎたことにして……！』

何も言い返す言葉なんかない。ただ受け止めることしかできない。俺が見て見ぬふりをしている間に、柚葵はそんな仕打ちまで受けていただなんて……。

『あんたは、柚葵が思い出したくないトラウマそのものだから。だからもう関わらないで。もうあの子から、何も奪わないで。私と柚葵の関係を、もう壊さないで。自分を許してもらうための謝罪なんか、いらないから』

そう言い残して、一方的に通話を切られた。

ツーツーという無機質な音に体温すらも奪われていくようだ。

受話器を持ったままだらんと垂れ下がった腕に、何も力が入らない。

……大切な人ほど、自分から遠ざけるべきだと、言われているようだった。

そうか。俺は、柚葵から大切な友人すら奪ってしまうところだったのか。

何もかも、この能力のせい……。

いや、そうじゃない。能力のせいなんかじゃない。ずっと言い訳のようにしてきたけれど、これはすべて〝俺〟が巻き起こしたことだ。〝俺のせい〟だ。

「慧、大丈夫……？　何の電話だったの……？」

「なんでもない」

心配そうに問いかける母親にそう返すと、ちょうどタクシーが家の前に着いた。

俺は母親を病院に送りながら、車窓から流れる景色を茫然と見つめる。

俺がこの世にいなかったら……、柚葵の記憶からいなくなれば、きっと何もかも元どおりになる。

でも、柚葵を愛しく思う気持ちが、自分のことを弱くさせる。〝決断〟できなくなっていく。

気づいたら、自分の腕を強く握りすぎて、爪《つめ》が食い込み内出血《ないしゅっけつ》を起こしていた。

でも、こんな痛みなど、柚葵に比べると、足りなすぎるほどだ。

自分を許してもらうための謝罪なんかいらない。そのとおりだ。

今の俺にできることは、たったひとつのことしかない。

『あの子の記憶から今すぐ消えてよ！』

美園の言葉が、いつまでもいつまでも頭の中で響き続けた。

さようなら

side志倉柚葵

成瀬君が、二週間も学校を休んでいる。

秋も深まり、だんだんと風が冷たく感じてきた頃のことだった。

噂によると、お母さんが倒れたようだ。心配になり何通かメッセージを送ったけれど、既読マークが付くだけで返事が来ない。

何もできない自分がもどかしくなるのと同時に、成瀬君のことを少しも知らない自分に気づいた。

あんなに目立っていた成瀬君がいなくなっても、このクラスは変わらない日々を送っている。こんな風に日常は作られていくのかと思うととても悲しく、せめて自分だけは毎日成瀬君のことを考えてあげようと思った。今、私にできることはそれしかないから。

連絡を待っているのは、成瀬君だけじゃない。桐からの連絡も、乞《こ》うように毎日待っている。けれど、スマホに来るのは広告の通知だけだ。

今日は桐に、直接会いに行こう。無視されても、怒られても、自分の気持ちを伝えよう……。

放課後のＨＲが終わり、すぐに荷物をまとめて帰ろうとすると、ちょうど教室に入って来た人とぶつかりそうになってしまった。

「ねぇ、成瀬、今日もいないの？」

急に話しかけられ驚いて顔を上げると、そこには前に成瀬君と揉めていた陸上部の人がいた。たしか名前は三島君、だったような。

話すことができない私は、彼の質問に首振りで伝えるしかない。

彼はしばらく私を不思議そうに見つめてから、「ああ、あんたが話せないって噂のやつか」と、あっけらかんと言い放つ。あまりにもストレートな言葉に面食らう。

「でもあんたくらいだよな。成瀬のそばにいられるの」

私はふるふると首を横に振る。三島君に関係性をどう思われているかは分からないけれど、成瀬君にとっての私はそんな大それた存在ではない。

「あのさ、成瀬に会ったら伝えておいて。学内選抜まで、五か月切ってんぞって」

三島君は、とても真剣な顔をしている。

彼は本当にただ、成瀬君と一緒に走りたいだけなんだ。

まっすぐな思いがとても眩しく感じて、私は気づいたら首を縦に振ってしまっていた。

すると、彼は「サンキュ」と口角を上げた。

「部活に戻る理由は、なんだっていいから。何も言わなくてもいいから。みんな、成瀬の親がちょっと普通じゃないこと、なんとなく分かってるし……」

それに対しても、こくこくと頷くと、三島君はまた少し笑ってくれた。そして、「なんだ、意外と普通に話せんじゃゃん」と言い残してから、颯爽《さっそう》と教室を去っていった。

意外と話せる、という言葉が、予想外に嬉しくて気持ちが少し明るくなる。

久々に学校でちゃんとコミュニケーションをとれた気がする。　私は、三島君の伝言を成瀬君に届けようと、さっそくメッセージを送ってみた。

向き合うことはとても怖いけれど、今ここで大切な人たちとの縁を切りたくない。絶対に。

桐に会いに行こう。勇気を出して。

ちょうど校門を出たところで、ぽつぽつと冷たいものが当たるのを感じた。

雨だ……。今日は傘《かさ》を持っていない。

灰《はい》色の空を見上げて一瞬途方《とほう》に暮れたけれど、私は気にせず駅まで走って向かうことにした。

「柚葵！」

しかし、走り出したところで、青い傘《かさ》を持った女生徒に引き留められる。

いつも通り緑色の制服を纏った桐が、目の前にいた。

ようやく、会えた。嬉しさと安堵の気持ちが胸の中に広がっていく。

桐は、とても気まずそうな顔をして、私に半分傘を分けてくれた。

「この前はごめん。少し気が動転してた」

桐の言葉に、私はううんと首を横に振る。

傘ひとつ分の世界の中で、私は桐のどんな言葉も聞き逃さないようにと、耳を澄ませる。

「私、どうしても、柚葵と話せなくなった時のことが忘れられなくて……、怖くて……」

桐は私と目を合わせないまま、苦しそうに言葉を探している。

道行く人が、私と桐のことをちらちらと見ながら駅の方へ向かっていくけれど、そんなことはどうでもよかった。

私は、傘の持ち手を握りしめている桐の手をそっと握りしめて、静かに言葉を待った。

「柚葵は、私のこと、唯一偏見《へんけん》なく見てくれた友達だから……」

当時の桐は、〝学園長の孫だから〟という理由で、遠ざけられたり、調子に乗っていると思われたり、先行するイメージに振り回される日々を送っていた。

鈍《にぶ》い私は、何も気にせず桐に話しかけていたけれど、そんなことに少しでも彼女が救われていたのなら、私はとても嬉しい。

桐は私の、一番大切な友達だ。

「あ、ていうかいきなり来てごめん。急いでる様子だったけど、この後何か用事があった？」

無理やり笑って気まずさを誤魔化そうとする桐に、私は手話と身振りで気持ちを伝える。

桐を指さしてから、ぎゅっと手を握りしめる。

『桐に、会いたかった』

ゆっくりと口の形を作ると、桐は泣きそうな顔になる。

すべてを分かってもらうには、きっととても時間がいる。

だけど、私は逃げたくない。自分の気持ちからも、大切な人からも。

「柚葵の大切なもの、私も大切にしたい……。でも少し、時間が欲しいんだ……っ」

眉尻《まゆじり》を下げてそう言葉を漏らす桐に、私も思わず泣きそうになる。

首を何度も縦に振って、「大丈夫」という気持ちを精一杯伝える。

それから、スマホを取り出してパパッと言葉を打ち込み、【会いに来てくれて、ありがとう】と伝えた。画面を見て、桐はポロッと一粒だけ涙をこぼす。

「柚葵。岸……成瀬とは、今どうなってる？」

桐は親指でぐっと涙を拭ってから、真剣な顔で私にそう問いかける。

実は成瀬君が二週間休んでいて会えていない、ということを伝えると、桐は眉間《みけん》にしわを寄せて何かを考え込む顔つきになった。

「ごめん、それ、私のせいかもしれない。実はこの前、成瀬に電話をかけた」

え……？　成瀬君に桐が……？

いったい、何を話したんだろう。

「柚葵に近づかないでって、かなり強く警告しちゃったの。本心だったけど、でも、感情にまかせすぎた……」

そうだったんだ……。何も知らなかった。少し驚いたけれど、反省したように目を伏せる桐に、私はもう一度「大丈夫」という意味を込めて首を縦に振る。

お母さんが倒れたそうだし、本当に家がバタバタしているだけの可能性もある。可能なら自分から会いに行きたいけれど、住所も知らないし……。

「柚葵。会いに行きたい？」

そう問われ、私は反射的にこくんと頷く。

すると、桐は一瞬何かを考えてから、スマホを取り出した。

「電話番号調べた時に、住所も見ておいた。すごく大きなお屋敷で私も何度が通ったことがある場所だったから、すぐに分かるよ。一緒に行こうか」

桐の提案に、すぐに首を縦に振る。

本当はまだ私と成瀬君を会わせたくないはずなのに、一緒に行こうか、と言ってくれた桐に感謝の気持ちが溢れる。

「本当に、成瀬のことが、大切なんだね……」

必死な様子の私を見て、桐が少しだけ目を細めて、力なく笑った。何かを諦めたような、肩の荷を下ろしたような、そんな笑い方だ。

「行こう」

桐の言葉にもう一度力強く頷く。

私たちは傘を盾《たて》のようにしながら、生徒で込み合った道を少し早歩きで抜けていった。

○

昭和初期時代に建てられたというお屋敷は、本当に立派な建物だった。

広い敷地を、長いレンガの塀《へい》が囲んでいる。簡単には立ち入れなそうな空気を肌で感じる。

「私は成瀬に合わせる顔がないから、ここまでにしておく」

門の前まで付いてきてくれた桐に、頭が上がらない。

本当は、ひとりで会いに行くことはとても勇気がいるけれど、不安な気持ちを無理やり笑顔で吹き飛ばす。

「何かあったら、すぐに連絡してね」

桐はやっぱりふたりで会うことが複雑なのか、何か言いたげな様子だったけれど、ゆっくり去っていった。

桐、ありがとう。胸の中でそうつぶやく。ここからはひとりで、頑張らなくちゃ。

途中にあったコンビニで購入した傘を差しながら、レンガでできた洋館を見上げ、ふうと大きく息を吐いた。

しかし、中に入るといっても、いったいどこから連絡を取ればいいのか。

一般家庭にあるようなインターホンも見つからない。途方に暮れていると、家の中から誰かが出てくる気配がした。思わず門の陰に隠れてしまったけれど、シルエットからして恐らく成瀬君だ。

会ったら一言目に、なんて言おう。

お母さんは大丈夫？　ずっと大変だった？　何か抱え込んでいるの？　桐とはどんなことを話したの？

聞きたいことだらけで、言葉がうまくまとまらない。

だんだんと足音が近づき、比例するかのように心音も大きくなっていく。

「何してんの？」

『わっ、びっくりした！』

「声、駄々漏れ。誰かと思って出てきたら、やっぱり柚葵だった」

そうか、私の騒がしい心の声を読み取って出てきてくれたのか。

動揺しつつも、手ぶらで出てきた成瀬君に、私は慌てて傘を分ける。もうそこまで強い雨ではなく、小雨程度になっていたけれど、成瀬君の柔らかそうな髪の毛には雫がついていた。

二週間ぶりに会ったというのに、成瀬君の様子はいつもどおりだ。

「このままだと濡れるから、家入る？」

『えっ、お家《うち》の人は』

「今は誰もいない。母親は病院にいる」

どうぞ、と言われるがまま、私は敷地内に足を踏み入れる。

刈り込まれた芝生を踏みしめて、大きな木製のドアを開けてもらった。ドアの向ここう側には、想像どおり高級そうな調度品が並んでいる。

私はきょろきょろと見渡しながら、お邪魔します、と心の中でつぶやいて家の中へ入った。

歴史を感じさせるダークブラウンの床は、とても手入れが行き届いている。リビングへ通されると、そこにはまた趣《おもむき》のあるソファーが置かれていた。

「ここ座ってて。何か飲み物用意してくる」

『あ、おかまいなく！』

突然来てしまったのに、彼が何も言わないでいてくれるのは、だいたい私が聞きたいことを察しているからなのか。さっき、お母さんは療養《りょうよう》中と言っていたけれど、回復へと向かっているのだろうか。

あれこれ考えていると、目の前に温かい紅茶が置かれた。

「どうぞ」

『あ、ありがとう……。すごく立派なお家だね』

「曾祖父もここに住んでたから、だいぶ古いけどね」

『えっ、ここに芳賀先生が!?』

驚いた私は、資料館を訪れたかのようにあたりを見渡してしまう。

成瀬君も私の隣に座って、淹《い》れたての紅茶を飲んだ。

至近距離に座られて、思わずドキッとしてしまう。いつも絵を描く時は、目の前に座ってもらっていたから。

「母親はもう元気だよ。心配かけて悪い」

『そうだったんだ。よかった……』

「ずっと連絡取れなくてごめん。ちょっと……整理したいことがあって」

整理したいこと……?

ひとまずお母さんが無事なようで安心したけれど、成瀬君の言葉や表情が気になる。

何か少し疲れているような、生気のないような、そんな顔をしている。

じっと成瀬君の顔を見つめていると、彼は「大丈夫」と力なく答えた。

「……この前、美園から連絡があった」

『あ……、そのこと、話したかった』

「めちゃくちゃ柚葵のことを大事に思ってるって、伝わった」

成瀬君の口ぶりから、詳しいことは話してくれなそうな空気を感じる。

私も、深掘りはしない方がいいのかなと思い、成瀬君の言葉を静かに待つ。

桐は少し、反省したような顔をしていた。感情のままにぶつかってしまったと。

成瀬君はそれを、どう受け止めてくれたんだろう。

「美園とはもう、仲直りできた?」

『うんっ、ついさっき……って、え、成瀬君はどこまで知ってるの？』

「今、美園の話をしてる柚葵の記憶をたどって全部見た」

『そ、そっか……』

成瀬君、どう思ったかな。自分のせいで私と桐の仲が悪くなってしまったとか、思っていないといいけれど……。

様子をうかがうようにもう一度成瀬君の目を見つめると、彼は彫刻みたいに美しい顔のまま、何の感情も目に宿していない。

なんだか今日は、いつもと違う。

成瀬君にどこまで踏み込んでいいのか分からない。

「柚葵」

『え……』

ひとりで勝手に考え込んでいると、いつのまにか成瀬君の顔が近づいていた。

まつ毛の一本一本が数えられてしまうほどの距離になり、私は呼吸の仕方を一瞬忘れる。ドクン、ドクン、と胸が飛び跳ねるように心臓が激しく脈打つ。

思わずぎゅっと目を瞑ったけれど、数秒経っても何かが起こることはなかった。

『成瀬君……？』

ゆっくり瞼を開けると、切なそうな顔をした成瀬君は、静かに「ごめん」と謝った。

何に対する、ごめんなんだろう。私は今、キスをされるところだったのだろうか。何も分からなくて、ひたすら疑問符を頭の中に浮かべる。

『成瀬君、もしかして何かあったの……？』

自分の直感に従いそう問いかけると、成瀬君の瞳は悲しみを色濃くさせる。それから、ぎこちなく口を開いた。

「柚葵と一緒にいるのは、贖罪かって、美園に言われた」

『え……』

「図星だったから、俺は何も言えなかった」

さっきまでの切なそうな顔とは打って変わって、また感情の読み取れない固い表情に戻っている。

私は動揺したまま、成瀬君の言葉の意味を必死に探す。

私のそばにいる意味は、ただの〝贖罪〟。同情よりも、重いもの、ということ。

同情されていることは分かっていたけれど、改めて面と向かって言われるとずしんとくる。

「この二週間、ずっと考えてた。そんな理由で柚葵のそばにいていいものか」

『それは……』

「いつか柚葵を傷つけることにならないかって」

なんだか嫌な予感がする。そう思った私は、『待って』と心の中で唱えて、成瀬君の言葉を遮った。

『好きって言ってくれたのは、本当の気持ちだよね……？』

まっすぐにそう問いかけると、成瀬君の琥珀色の瞳が一瞬揺れた気がした。

「俺は、自分を許してもらうために、柚葵に近づいた。ただの同情と恋愛感情を履き違えていた」

『本当に……？』

「……ごめん」

そうか。成瀬君が私に構ってくれたのは、全部罪滅ぼしだったのか。

笑って流さなきゃ。そう思ったけれど、口角が糸で真横に引っ張られたかのように、突っ張って動かない。笑えない。

成瀬君は何度も何度も私のことを助けてくれた。

もう自分のことを許せるって、背中を押してくれた。

全部が嘘だとは、とても思えない。同情だけとは、思いたくないよ。

『でもあの時、成瀬君は……』

真実をたしかめたくて顔を上げると、成瀬君はストップの形で片手を私の顔の前にかざした。

「俺も、美園も、結局同じだ。美園も、最初は同情心だけで柚葵と一緒にいたんだろ。美園もいじめられていたから、仲間外れにされる気持ちは痛いほど分かっただろうし」

『なんで、そんなこと言うの……?』

「みんな美園がいじめられてざまあって思ってた時に、唯一普通に接してくれたのが柚葵だけだったんだろ?」

目の前にいるのは本当に成瀬君なんだろうか。

まるで、小学生の時の成瀬君——岸野君、みたいだ。

人を傷つけることばかり言う彼に、心の底から悲しくなる。まるで私に嫌われようとしているかのように、成瀬君は冷たい言葉を言い放つ。

「柚葵も、美園に同情でそばにいられること、うすうす気づいていたんだろ」

『やめて』

ペチッと、頬を叩く音が室内に響く。

私は気づいたら、成瀬君の頬を軽く叩いてしまっていた。

ひどいことばかり言う成瀬君をもう見ていたくなくて、大切な人を傷つけられたくなくて。

時が止まったかのように、冷たい空気が私たちの間を流れる。

ハッとして、すぐに頬から手を離そうとしたけれど、成瀬君は私の手首を掴んで自分の顔に押し当てた。

「そうだよ。俺に幻滅《げんめつ》しろ。もっと」

そう言い放たれ、私はブンブンと首を横に振る。

怖くて、逃げたくて、よく分からない涙が込み上げてくる。でも、逃げたくない。

成瀬君の本心を知るまでは。

「柚葵の中で、俺のことを恨む気持ちはきっと消えないよ」

『なんで……私の気持ちを勝手に決めつけるの?』

「聞こえてくるから。柚葵の恐怖、怒りも悲しみも……全部」

そうだ。どんな声も成瀬君には筒抜けなんだ。

だけど、それも全部乗り越えていこうって、言ったのに。

「いつか、俺が、柚葵の声を取り戻せるかもしれないって言ったことを覚えてる?」

『覚えてる……けど、誰かに戻してもらおうなんて望んでない。これは私の問題だから……』

「俺はずっとこの日を待ってた。柚葵と再会した日から、ずっと」

『この日?　意味が……分からないよ』

「場面緘黙症が心因性《しんいんせい》なら、俺という〝トラウマ〟そのものの記憶を消せば、柚葵の声は戻ってくるかもしれないって」

成瀬君の記憶を消せば……？

なんで、そんなこと、言うの？

過去に成瀬君が言っていた、ある言葉がふと蘇ってくる。

『〝救済処置〟みたいなもんがなかったら、俺は今頃解剖とかされてるかもな』

もしかしてその〝救済措置〟が、〝記憶を消す〟こと、なのだろうか。

「どうせ忘れるだろうから、説明しておく。柚葵の想像どおり、俺は自分に関係した人の記憶を消すことができる」

『嘘……』

「嘘じゃない。額に手を置いて、俺に関する記憶の破壊を強く念じると、柚葵は次に目を開けた時には、俺を忘れてる」

成瀬君の冷たい瞳の奥が、かすかに揺れていることに気づいて、私は問いかけることをやめた。その代わり、じわりと涙が込み上げてくる。

自分に関する記憶を消せるだなんて……なんて悲しい能力なんだろう。

成瀬君が、人と距離を置いていた理由が、分かった気がした。

彼はずっと、自分がそばにいると、周りの人を不幸にすると思い込んでいたんだろう。それは今も変わらずに。

たくさんの感情をひとりでのみ込んで、わざと嫌われるようなことを言って、人を遠ざけて、〝孤独〟でいることが、周りの人を救うためだと思って……。

『成瀬君との思い出、私に全部忘れてほしいってこと……?』

「忘れてほしい。そしたら俺も、解放される」

淡々と返ってきたその言葉に、打ちのめされる。最後の光が完全に消えて、世界が真っ黒になった。

『そっか……。じゃあ、仕方ないね……』

仕方ないね、と心の中でつぶやいた途端、嘘みたいに涙が流れ出た。

仕方ない。これが成瀬君の望んだことなら、仕方ない。

全部全部、忘れたくない思い出だらけだけど、手放さなくてはならない。

大丈夫、きっと一瞬だ。忘れたことも忘れるということなんだから、もうこんな悲しみに駆られることもない。

涙とともに、小学生の時の記憶が、鮮明に瞼の裏に浮かんでくる。

成瀬君はあの頃から時を動かせないまま、ずっと罪を背負ってきたんだろう。

声を失った私の存在が、ずっとずっと気がかりだったのだろう。

成瀬君の中で私への罪悪感は、〝呪い〟に近いものになっていたんだろう。

今まで、いったいどれほど自分を責めただろうか。どれほど能力に苦しんでいたのだろうか。

今ここで私が記憶を失くせば、成瀬君も荷が軽くなるんだ。
だったら……、このまま忘れてあげるべきなんだろう。
この愛しさも……全部、全部。
「じゃあな、柚葵……」
大きな冷たい手が私の額に触れる。
成瀬君の苦しそうな言葉を最後に、私は覚悟を決めたように目を閉じた。

幸せになって

side成瀬慧

『そっか……。じゃあ、仕方ないね……』

柚葵はぼろぼろ大粒の涙をこぼして、無理に笑おうとした。

その姿を見たら、自分の感情を押し殺していたストッパーが、完全に外れてしまった。

ダメだ。集中しろ。強く念じないと、少しでも気の迷いがあると、失敗する。

あと少し。彼女が目を閉じるまで――耐えろ。

「じゃあな、柚葵……」

一点に気を集中させて、柚葵の中の記憶の破壊を念じた。

誰かの記憶を操作することはこれで二回目だったけれど、久々すぎて手が震えていることに気づく。

だんだんと目が虚《うつ》ろになっていく柚葵が、どさっと俺の胸に倒れ込むと、一気に景色が歪んだ。

こらえていた涙が、とめどなく溢れ出てくる。

まるで降りやまない雨のように、水滴が柚葵の白い肌にぽつぽつと落ちていく。彼女の頬に落とされたその涙をそっと拭うけれど、何度拭っても濡れていく。

「柚葵っ……」

全部、なかったことになった。

この手で、柚葵との記憶を、全部消したんだ。

声を奪ってしまったことも、高校で再会したことも、文化祭で同じ班になったことも、絵のモデルになったことも、電話で思いを伝え合ったことも、全部だ。

「好きだ……」

許されたいわけじゃなかったけど、近づいてごめん。そばにいたいと思ってごめん。

俺と柚葵の世界は、混ざり合ってはいけないと最初から分かっていたのに、どうして思い上がってしまったんだろう。

俺じゃ、絶対に柚葵を幸せにできないと、分かっていたのに。

柚葵は、どんな声で話すんだっけ。記憶の中の柚葵の声は、とてもとても遠い。

声を奪われていなかったら、柚葵はどんな高校生になって、どんな友達を作っていたんだろう。

〝もしも〟の未来が、何通りでも浮かんでくる。その都度、自分の罪の重さを知る。

俺は、俺自身を許さないことでしか、柚葵への償い方がもう分からない。

そんな世界に、巻き込みたくない。柚葵には、もっと違う世界で、自由に生きてほしい。

俺と一緒にいる限り、柚葵の世界には〝過去〟が纏わりついてしまうのだから。

小学生の時の柚葵が、頭の中に浮かんでくる。

いつもいつも自分の感情を押し殺して、必死にこの世界に溶け込もうとしていた柚葵。

教室の端から、その小さな背中をいつももどかしい気持ちで眺めていた。

透明人間になってしまいたいと願う柚葵のことが、どうしても許せなかった。

だって、自分よりはるかに自由に見えたから。……そんな身勝手な理由で、柚葵のことを傷つけた。

なんて愚《おろ》かだったんだろう。

他人の心が読めたって、人の心を推し量ることはできないのに。

「ごめんな……」

絶対に忘れない。俺が、全部背負って、生きていくから。

だから、神様、世界一大切なこの人に、声を戻してあげてください。

そのためなら、なんだってする。

俺は何を失ってもいいから、もう柚葵から何も奪わないでください。

この世界全部の優しさが、柚葵に惜しみなく降り注ぎますように。

それだけを願って、ただ生きていく。

◯

「そうだ……」

指紋《しもん》認証を使って、柚葵のスマホのロックを解除する。メッセージアプリから俺の情報をすべて削除しようとすると、あるメッセージ上で指が止まった。

つい最近柚葵と交わした会話が、雪が降り積もるようにふわりふわりと降りてくる。

【成瀬君、あのね、ひとつお願いがあるの】

【ん?】

【いつか一緒に、芳賀先生の美術館に行きたいな】

【分かった。……必ず行こう】

つい最近のことなのに、どこか遠い国で交わした約束のように思える。

「約束、守れなくて、ごめんな……柚葵」

力なく謝りながら、俺はすべてのメッセージを削除した。

〝必ず〟なんて言葉を、あの時の俺はどうして使ってしまったんだろう。

今年の冬は異常なほど早く訪れる予想になっていて、札幌や旭川《あさひかわ》では初雪が観測されたと、今朝のニュースで聞いた。

この無駄に広い家では、誰もいない早朝のキッチンはとても肌寒い。

俺は昨日の涙の跡をそのままに、ぼうっとした気持ちのまま、ただ目の前の電気ケトルが沸騰《ふっとう》する瞬間を待った。

昨日は、眠った柚葵を通いのお手伝いさんに送ってもらった。「寝不足だったようでいつの間にか眠ってしまった」と適当に理由をつけて。

美園には、電話で状況を連絡することにした。通話が繋がらなかったので留守電で【もう柚葵とは一切関わらないので、俺の話題も出さないでほしい】とだけ残しておいた。もし美園が俺の話題に触れたとしても、柚葵は俺のことを覚えていないので、何も話せない。美園も、その様子で何かを察して、それ以上俺のことは話題に出さないだろう。

クラスのやつらはもうすっかり俺と柚葵の話題には飽きていたし、南からもあれから絡んできたりしない。

鉛のように重たく感じる体を引きずって、あとは〝転校〟までの時間を過ごせばいい。

「慧、おはよう」

振り返ると、そこには寝巻《ねま》き姿の母親がいた。まだ全快ではなさそうな母親に、俺は目も合わせずに「まだ寝てればいいのに」と返す。

「あんまりずっと寝てても体に悪いから。……それにしても、本当に転校する気でいるの？」

俺の部屋の机に置きっぱなしにしていたはずの高校の資料が、バサッとダイニングテーブルに置かれた。

いずれ自分から話すつもりでいたけれど、俺は高校三年生になったら北海道にある全寮制の高校に転校するつもりでいる。まさか母親に先に見つかるとは思っていなかったので少しだけ動揺したが、冷静を保ってダイニングチェアに座った。

「どうせ大学も北海道の予定だし、今のうちに環境に慣れておこうと思って」

「そう……。本当に北海道へ行くのね。もう離婚するって決まったから、お父さんの言いつけを守らなくてもいいのよ」

「いや、これは自分の意志だから」

「慧がいいなら、いいけど……」

母親は心配した表情で向かい側の椅子に座ると、俺の顔をじっと見つめてきた。

倒れた時よりはいくらか血色がよくなり、こけていた頬も少しだけふっくらとしている。

ゆっくり回復に向かっているようで安心した。懸案のお家騒動も、何とか護士のおかげで、和解できそうらしい。

よかった。これで心置きなく——忘れてもらうことができる。

「北海道って、遠いわね」

高校のパンフレットをぱらぱらと開いて、少し寂しそうにつぶやく母親に、かすかに胸が軋《きし》む。けれど、俺はある決意を持って、すっと椅子を立ち上がると、母親の額に手を差し伸べた。

「慧……？」

これで、全部終わらせる。

大切な人を全員解放してから、俺は北海道へ向かう。

意識を一点に集中しようとすると、母親は予想外の行動を取った。

「何をしようとしてるの！」

パシッと勢いよく手の甲を叩かれ、痛みが走る。

ゆっくりと母親の方へ視線を戻すと、母親は涙を流しながら、俺のことを見つめていた。

「母さんから、勝手に慧の記憶を奪わないで！」

「え……？」

なんで、俺が今から記憶を消そうとしていたことを知っているんだ。

思いがけないことが起こり、俺は茫然自失としたままその場に固まった。

母親は俺を赤い目で睨《にら》んだまま。興奮した様子で肩で息をしている。

「慧が人の記憶を操作できることなんか、母さんとっくに知ってる」

「いつから……」

「どうだっていいでしょう、そんなこと！」

怒りと同時に込み上げる涙を拭いもせず、母親は俺の手を握りしめる。

その震えた手から、母親の怒りや悲しみの感情が土石流《どせきりゅう》のように激しく流れ込んできて、俺はさらに動揺した。

あの、いつも大人しい母親が、こんなにも激しい感情を抱くことがあるだなんて、知らなかった。

俺の記憶を消せば、母親の苦しみはすべてなくなるんじゃないのか。全部丸く収まるんじゃないのかよ。

「どうして、止めんだよ……」

少しのイラ立ちと、やるせない気持ちでそうこぼすと、母親は、再び振りかざした手を寸前で止めて、そのままテーブルの上に置く。そして、力なくテーブルに突っ伏して込み上げる涙でひくひくと肩を震わせた。

「あなたを忘れて、よい人生なんて送れるわけない……」

「それは、無駄な心配だよ。忘れたことすら忘れられるから、問題ない……」

「頼りなくても、この世界にひとりくらい、慧の味方がいたっていいでしょう。味方でいさせてちょうだい……お願い」

嘘偽りのない言葉が、水のように心に染み渡っていく。

記憶を消そうとしていた右手を、母親が両手で強く強く握りしめている。

テーブルに額をつけた母親の細い首筋を見つめていると、どうしようもなく胸が痛くなった。

たった今、自らの手で断ち切ろうとした縁を、母親が泣きながら繋ぎとめてくれた。

そんな簡単なことで、固い決意が粉々に打ち砕かれてしまった。

もう、俺のことなんか誰も知らない場所で、今度こそ本当に透明人間のように、生きていこうと思っていたのに。

「なんだよ、それ……」

なんだよ。なんでだよ。優しくなんかするな。情なんか持つな。

人を傷つけてばっかりの俺なんかに、そんなものはいらない。いらないのに……。

「分かったよ……」

振り絞った声は、母親の手と同じくらい震えていた。

テーブルに置かれたパンフレットには、ここから遠く離れた北の国の高校が載っている。

真っ白な雪原に囲まれて、生まれ変われたらいいのにと思った。

もし、北海道で、美大生になった柚葵とすれ違うことがあったとしても、俺は声をかけられない。柚葵も俺に気づかない。

切なさも悲しみも虚《むな》しさも全部全部、雪と一緒に溶けてくれたらいいのに。

なんて、ありえないことを願うことしか、今の俺にはできなかった。

最終章

君のいない日々

＊＊＊　ｓｉｄｅ志倉柚葵

夢を見た。眼鏡をかけた小学生くらいの男の子と、一緒に駆けっこをして遊ぶ夢。

彼は風のように草原を走り回り、私が追いつけないほどの速度で光へ向かって走っていく。

私が転んだのを見ると、彼はそっと優しく手を差し伸べてくれた。

夢の中の私は自由に声を出せていて、「ありがとう」と元気よく返してから、その優しい手にそっと指を重ねる。

すると、彼は何か光の玉のようなものを私の口元に持ってきた。それが何か分からないのに、私はその玉を飴玉《あめだま》のように自然にのみ込む。すると、たちまち喉が熱くなり、体が発光しはじめたのだ。

驚き顔を上げたけれど、その少年の顔は逆光《ぎゃっこう》でよく見えなかった。

口の動きで「ようやく返せた」と言われた気がした。

ピピピピ、という単調な音で目が覚めた。

ベッドの上でぼんやりと目を開けると、カーテンから漏れる眩しい朝日に目を細める。

目元に指が触れると、涙が出ていたことに気づいた。ここ最近はずっとこの状態が続いているので、とくに動揺することなく涙を雑に払う。

「柚ねぇっ、朝だよー！」

「わっ、びっくりした」

いつの間にか部屋に入っていた巴が、ばふっと私の布団にダイブしてきた。小さくて可愛い妹の頭を、微笑ましい気持ちでよしよしと撫でる。

「今日はワッフルだって！　早く行こうよー」

「ほんとだ、甘い匂いがするね。ちょっと待ってね」

私はよいしょと重たい布団をどけてベッドから出ると、巴に引っ張られるがまま一階へと向かう。

少しだけ身支度を整えてからリビングへ向かうと、お皿にサラダとワッフルが盛り付けられていた。

巴がずっと欲しい欲しいと言っていたワッフルメーカーが、ようやく日の目を見たというわけだ。忙しいのに朝からワッフルを焼いてくれた母親には頭が下がる。

「巴、柚葵、おはよう。メープルシロップ適当にかけて食べて」

「わーい、いただきます」

巴の分にシロップをかけてあげてから、私は熱々のワッフルを頬張った。外側はカリッと、中はしっとりふんわりとした仕上がりになっていて、それだけで幸せな気持ちになる。

「おいしーね、柚ねぇっ」

「ね。ほんとに！」

巴と一緒に食べていると、あっという間に家を出なくてはならない時間になっていた。

「柚葵、時間大丈夫？　もう桐ちゃん来ちゃうんじゃない？　今日は途中の駅から一緒に行くんでしょ？」

「あ！　そうだった！」

母親に言われて思い出した。最近桐は予備校が忙しく、中々放課後会えなくなってしまったので、今日は乗る車両を合わせて、学校に着くまで話そうということになったのだった。

なので、桐に合わせていつもよりかなり早い電車に乗る約束をしている。

私は残りの朝食を牛乳で流し込み、鏡の前でちょんちょんと髪の毛を整えてから、すぐにリュックを背負った。

「柚ねぇ、走って転ばないでよねぇ。はい、マフラー」

「巴、ありがとうね。いってきまーす」

「いってらっしゃーい」

巴と母親に見送られて、私は十二月の冷え切った空気の中、駅に向かって小走りをする。

白い吐息がクラゲのように空に浮かんでは、形をなくしてすぐに消えていく。

ふとまつ毛に綿毛のようなものが飛んできて、私は空を見上げた。

雪だ……。まだ十二月に入ったばかりだというのに、雪が降るだなんて。

曇った銀色の空をしばらく見上げながら、空から舞い降りてくる白い綿雪《わたゆき》を手のひらに取ってみる。それは、すぐに手の温かさで水になってしまったけれど、とても儚く美しかった。

一面に雪が積もったら、巴がすごくはしゃぎそうだな。

私はリュックから折り畳み傘を取り出すと、走って駅に向かった。

「柚葵、おはよう。よく間に合ったね」

桐にそう言われて、息を整えながら笑顔を向ける。桐の家は私の最寄り駅から三駅前にあるので、彼女が先に電車に乗っていた。

桐は単語帳をバッグの中にしまうと、私の髪についた何かを取ってくれた。

「あれ、雪降ってたの？」

驚いたような桐の言葉に、私はほら、と窓の外を指さす。さっきよりも激しくなった雪が、少しずつ外の世界を白く染め上げている。

桐は驚いたように窓の外を見て「本当だ」と目を丸くする。

「なんか外見てたら余計寒くなってきたー」

桐の言葉に、私はふふっと笑みを返す。

景色を眺めながら、メモ機能を駆使して他愛もない会話をしていると、あっという間に最寄り駅に電車が着いてしまった。

桐の高校はここから二駅先にあるので、彼女とはここでさよならだ。

「じゃあね柚葵、また明日」

こくんと笑顔で頷くと、桐は何か言いたげな表情で私の顔をじっと見つめる。

なんだろう、と思い発車ベルが鳴るまでホームに立って言葉を待っていると、桐は「成瀬のこと、聞きたいけど、やっぱり柚葵から話してくれるまで待つ」と、早口で伝えてきた。

プルルルルと発車ベルが鳴り、桐との会話が強制的に断たれようとしたので、私は反射的に喉に力を込め、ある言葉を叫んだ。

その感覚はとても不思議で、ずっと栓《せん》が閉まっていた喉が急に開いたような、そんな感覚だった。

今までずっと、どこに力を入れたら声が出るかも、忘れかけていたのに。

「えっ、柚葵……、今、声……!?」

目を丸く見開いて驚いている桐の言葉を断ち切って、プシューッとドアが閉まる。

私も、桐以上に自分の声が出たことに驚いて、その場に立ち尽くした。

「声、出てる……」

つぶやいた言葉は、簡単にアナウンスの声で掻き消されてしまったけれど、たしかに私の喉は機能していた。

＊＊＊　ｓｉｄｅ成瀬慧

十二月に入り、季節はあっという間に冬になった。

この時期にもう雪が降るなんて珍しいと、登校してきた生徒ははしゃいで校庭で遊んだり、雪景色を背景に写真を撮ったりしている。

柚葵の記憶を消してから数週間、俺はずっと欠席していた。

北海道の高校へ編入する手続きを行うため、下準備を進めていたのだ。

今日は成績に関わってくるテストがあったためしぶしぶ登校してきたけれど。白く染まりゆく景色を窓際の席から眺めながら、俺はひとつも心を動かせずにいた。

柚葵の記憶を消してから毎日、心を殺すように、静かに生きている。

もう二度と大切なものを作りたくないから、何も感じずに、何にも心乱されずに、生きている。

三島に何度も再入部を誘われたが断った。

あんなに大好きだった走ることでさえも、今はもうすべてどうでもいい。何も感情が湧かない。

自室に引きこもって余生を過ごしたという曾祖父の気持ちが、今なら痛いほど分かる。

誰とも関わらないことでしか、世の中の役に立てないと、どこかに書いていた。それはどれほど、虚しい気持ちだっただろうか。

俺は十七歳にして、余生わずかな曾祖父と同じ気持ちになってしまった。

ああ、早く透明人間になって、誰も俺を気にしない世界で、自由に生きてみたい。

汚い感情も、醜い感情も、全部全部透けて見えるこの半透明の世界で、俺はあと何年生きていくのだろう。もう、絶望しかない。

柚葵が俺を忘れた世界で、もう誰とも心を通わせられる気がしない。

「ねぇねぇさっき、志倉さんが駅で大声出してるの見たんだけど！」

雪でただでさえ騒々しいというのに、教室に入ってきた女生徒が開口一番にそう言い放った。それに驚き、俺は思わず聞き耳を立ててしまう。

「うそっ、じゃあ家以外で話せないってやっぱり嘘じゃん。ていうかなんて言ってたの？」

「なんか、〝待ってて〟とか叫んでたような……。演技お疲れって感じだね。ねぇ、南もそう思うでしょ？」

急に会話を振られた南は、えっと驚いたような顔をしてから、「もう興味ない」と冷たく言い放つ。その反応がつまらないと思ったのか、話を持ち出した女子は南以外の生徒に言いふらしはじめた。

そうか、無事に、声が取り戻せたのか……。

だったら、よかった。本当に、よかった。

全身から力が抜けていくように、安堵の気持ちが広がっていく。

でも、柚葵に関する心ない会話がどれだけ聞こえてきても、もう俺の感情は何も動かない。彼女にしてやれることがないから。

そんな俺の様子を見て、南が何か言いたげにしていた。

『なんで成瀬は、かばわないの』という南の怒りの声を聞かぬふりをして、俺は雪が舞い降りていく様子をただ眺める。

俺がどうにかできることだったら、もうとっくに何かしている。

諦めの気持ちと戦っていた時、突然ガラッと勢いよくドアが開いた。

柚葵が、教室の中に入ってきた。

記憶を消して以来、初めて見る姿に胸が軋んだ。

なんだ……？　どうしてあんなに、緊張した顔をしている？

柚葵の強張った表情から、何か並々ならぬ決意を感じる。しかし、柚葵がタイミング悪く入ってきたせいで教室中が動揺し、生徒たちの感情が溢れ返ってしまったため、柚葵の心の声がまったく拾えない。

読み取れないから、みんな、黙ってくれ。

「なになに、志倉さんどうした……？」

「陰口聞かれてたかな。ていうか、なんか怒ってる？」

「さっきの会話聞こえてたんだよ、やっぱり」

元凶の女生徒を中心に、ざわざわと動揺が広がっていく。誰もが柚葵の行動を静かに見守っていた。

柚葵はすたすたと黒板に歩み寄ると、なぜかいきなりチョークを手に取る。そして、のろのろとかなり遅いスピードで、文字を書きはじめた。

【ずっと、自分の説明をしてこなかったので、誤解を招いてしまいごめんなさい。

私は〝場面緘黙症〟という病気です。家では話せるけど、学校では話せない病気です。でも今朝、外でも声が出せるようになりました。

突然だったので、自分でもとても驚きました。このことでクラスを騒がせてしまいごめんなさい。

学校でも話せるかもと思い登校しましたが、まだ学校では声が出ませんでした。だから黒板に書いています。


決して、クラスのみんなと話したくないわけじゃありません。

私は、スマホのメモ機能で、みんなと会話をすることができます。

イエスかノーで聞いてくれたら、首ふりで反応することができます。


頑張るので、みんなと関わらせてほしいです。

私は、みんなと話したいです。】

すべて書き終えた柚葵は、黒板の前でロボットのようにぎぎっと動いて、前を向き、ぺこっと頭を下げた。

クラスはシーンと静まり返ったけれど、ぱらぱらとまばらな拍手が起こる。

しかしそれは本当に数人だけで、大半の人間は『何言ってんだアイツ？』という感情だった。

柚葵はサッと黒板を消すと、自分の席に着き、石のように再び固まってしまった。

柚葵の隣の席の女子が、「志倉さん、この前も思ったけど字上手なんだね」と話しかけている。

柚葵は急いでスマホを取り出し「ありがとう」とメモ機能を使って会話をしていた。

その一連を見て、固まっていたはずの感情が、動きかけてしまう。

よかった。もう柚葵は、〝そっち〟の世界で……〝普通〟の世界で、きっとうまくやっていけるだろう。よかった。柚葵はすごい……。本当にすごい。

まだ声を完全に取り戻せたわけじゃないけれど、これから徐々に話せる場所が増えていくことを願うばかりだ。

柚葵の急な行動によって、教室内はざわついている。南は噂を広めた女子の頭をパコッと丸めた教科書で叩いていた。

俺はその騒々しさから抜け出すように、教室から静かに去っていった。

コートを羽織って屋上にたどり着くと、まず深く呼吸をした。白い吐息が視界の前に雲を作る。

柚葵の進歩に、記憶の操作は少しでも貢献《こうけん》できたのだろうか。だったらよかった。

やっぱり俺というトラウマが記憶から無くなったことで、声が戻ったのだろう。

嬉しい気持ちと同時に、声を失った原因はやはり自分だったということが証明され、苦しくもなる。

記憶を消した甲斐があったと、思ってもいいのだろうか。

自分の決断が正しかったと、もう、そう思っていいのだろうか。

柚葵の脳内には、恐らく俺の名前も残っていないはずだ。

でも、それでいい。柚葵が、トラウマを手放したことで、声を取り戻せたのなら。

「成瀬……君」

そう思っていると、〝成瀬君〟と、自分の名前を呼ぶ心の声が、突然聞こえてきた。

――いや、心の声じゃない。本当の、声だ。

慌てて振り返ると、そこには予想外の声の主……柚葵がいた。

「は、なんで……俺の名前……」

ありえない光景に、俺は絶句したまま、屋上のドアの前に立っている、白いコート姿の彼女を見つめる。

柚葵が俺の名前を呼ぶ声を、今、生まれて初めて、聞いた。

鈴《すず》の鳴るような、透明感のある声だ。

頭の中が、雪のように真っ白になって、思考が停止していく。

「なんで、話せてんの……、まだ学校では無理だってさっき」

どうして俺のことを追いかけてきたのか。

どうして学校内なのに声が出せているのか。

二重で驚く俺に、柚葵はゆっくりゆっくり話しだす。

「屋上なら……外だから……教室より……す、少しリラックスして……話せるみたい……。まだ、つっかえる感じは……するけど」

「そうなの……か」

外で話せる理由は分かったとしても、俺のことを追ってきた理由が分からない。記憶を消してから俺と柚葵は一度も関わっていないというのに。

パニック状態になった俺は、思わず頭を抱える。

「わ、私……、忘れてないよ、成瀬君との、今までのこと……」

「何、言ってんの」

「忘れてない、全部覚えてる……」

柚葵の記憶から俺の記憶はなくなっていない？　どうして？　記憶操作が効かなかったのか？　いや、しっかり意識を集中して、以前と同じように行えたはずだ。

それなのに、いったい、どうして……？

「あの時……心の中で強く叫んだ……。〝成瀬君を忘れたくない〟って本心を……。成瀬君の念を……跳ね返すように」

嘘だ。そんな理由で跳ね返せるようなものじゃない。そんなこと、手記のどこにも書かれていなかった。

「〝君は、透明になる前に、自分の気持ちを叫びなさい〟……」

「え……？」

「芳賀先生のあの絵の解説の意味が……やっと分かった。そして、あの作品は……私のための作品だったってことも……」

「あの作品って……？」

「〝半透明のあなたへ〟という作品。私が……、一番好きな作品の解説に、そう書いてあったの。どうしても意味がちゃんと理解できなかった一文だったんだけど、ようやく……繋がった。成瀬君との記憶が透明になる前に……自分の気持ちを叫べって、芳賀先生はきっと教えたかったんだって……思ったの」

嘘だろ。それでお互いの念が相殺《そうさい》されて、記憶が消えなかったとでもいうのか。

そんな奇跡、起こってたまるか。柚葵の目にもう一度自分が映るなんてこと、あってたまるか。

そんなこと、絶対に許されない。柚葵のためにならない。

色んな感情が、体の奥底から込み上げてくる。

「忘れたく……なかった……成瀬君の……こと……」

目に涙を溜めながらそう言う柚葵から逃げるように、サッと目を逸らす。

「なんでだよ……。俺のことが怖いだろ、今も聞こえてくんだよっ」

「そうだけど、でも……」

「俺はずるい人間だから、自分の罪悪感を拭うために、お前の声になるって言ったんだ。優しくしたのは自分のためだ！　本当はいつでも記憶なんて消せたのにな……！」

感情まかせに放った俺の言葉に、押し黙る柚葵。

はらはらと舞い降りてくる雪が、視界を何度も霞《かす》ませる。

もう痛くて、見ていたくなくて、目を背けたくて、逃げ出したくて、俺は両目を右手で覆った。

ただ悲しいという感情が、波のように襲ってくる。

お願いだ。嫌ってくれ。そのまま、俺みたいな人間に絶望して離れていってくれ。

俺はもうこれ以上、大切な人を不幸になんかしたくない。もう、それしか願いはないんだよ。

「いやだよ……」

目を塞いで立ちすくんでいると、鈴のような声が再び鼓膜を揺らした。

「だ、誰も……成瀬君の心の痛みを知らないなんて……なかったことにしちゃうなんて……か、悲しすぎる……」

「もう何も、言うな」

「そんなの本当に……透明人間だ……」

「柚葵、やめてくれ」

「私が……覚えてる。全部、忘れない……。な、成瀬君が、苦しんでたこと、全部、覚えてたいの……っ」

その言葉に、頬を、大粒の涙が伝っていった。目を押さえる指の隙間から、とめどなく溢れ出していく。

柚葵の記憶を消したあの日を最後に、もう泣かないと決めていたのに。

すべての心を閉ざして、過ごしてきたというのに。

どうして柚葵は、そんな簡単に、俺の心をこじ開けてしまうんだ。

俺の心が読めないのに、どうして、一番欲しい言葉をくれるんだ。

雪の向こう側で涙を流している柚葵を見て、気づいたら体が勝手に動きだしていた。

「柚葵っ……」

簡単に腕の中に収まってしまうほどの、華奢《きゃしゃ》な体を抱きしめる。

こんなに大切なものを、どうして手離すことができただろう。

俺は、許してもらえるだろうか。誰かを愛することを。大切に思うことを。

答えなんて返ってこないと分かっているのに、問いかけてしまう。怖くて、分からなくて。

「声を……少しでも取り戻せたら……話しかけようって、思ったの……」

「うん……」

「カウンセリングとか、たくさん受けて……過去を見つめて、わ、私が変わって……成瀬君の罪の意識を、どこかへ飛ばしちゃいたかったから……」

「うん……」

「ご、五年かかっても、十年かかってもいいから……その時会いに行こうって……っ」

柚葵の健気《けなげ》すぎる言葉に、ぎゅっと胸が絞られたように苦しくなる。

愛おしいって、こんなにも苦しい気持ちになるんだ。

ありがとう。ありがとう、ありがとう、ありがとう、柚葵。

空っぽだった俺に、こんな感情を教えてくれて。

「柚葵が好きだ……」

なんでだよ。なんでこんな言葉しか、言えないんだよ。

人の心が読めるくせに、自分の感情を少しも伝え切れていない。もどかしい。

でも、柚葵が背中に腕を回して抱きしめ返してくれたのを感じて、言葉なんてどうでもよくなってしまった。

「私も……好き」

自分の爪先すら見えないほど真っ暗になっていた世界でも、君がいるだけで、簡単に光が灯る。道が見えてくる。

ただ眩しくて、ただ愛しくて、抱きしめることだけで、精一杯だ。

柚葵を離したくなくて、腕の中に閉じ込めたままでいると、彼女はゆっくり顔をあげた。

「か、悲しいとか……う、嬉しいとか……その日感じたことを、誰かに伝えられた時……人との繋がりを感じられた時、私は、生きてるって感じた……」

「柚葵……」

「成瀬君が思い出させてくれた……。だからそれを、これからも成瀬君に、その能力で、聞いてほしい。私が今日感じたことを、知ってほしい……。その相手は、成瀬君じゃなきゃ、意味がない」

俺じゃなきゃ、意味がない。

それは、消えてしまいたいと思っていた俺にとって、本当に光のような言葉だった。

もう、相手を傷つけて大切な人を遠ざけるなんてことはしない。したくない。

自分のことを許せるのは自分だけだと、柚葵が教えてくれたから。

「俺もだ……っ、俺も……お前じゃなきゃ、意味がない」

「成瀬く……」

「柚葵じゃなきゃ意味がないって、そう感じることが、この世には溢れすぎてる」

抱きしめる力が、気持ちと比例していく。涙で柚葵のコートが濡れていく。

雪は音もなくしんしんと降り続け、俺たちの髪や肩に降り積もっていく。

「成瀬君と、一緒に生きてみたい……っ」

それは、聞き逃してしまいそうなほど小さな声で、余計に愛おしさが増した。

抱きしめる力をゆるめて、柚葵の冷えた頬を両手で包み込む。

心から美しいと思った。涙が出るほど、柚葵が好きだ。

俺は柚葵の瞼に、ひとつだけキスを落とす。

涙の味がして、胸がぎゅっと絞られた。

「柚葵、ありがとう……」

瞼の裏に、偽名で生きていた眼鏡姿の過去の自分が、ふと浮かんできた。

両親に言われるがままに、教室で気配を消して、透明になって生きていた頃だ。

同じように本音を隠して生きていた頃の柚葵が、うつむいて静かに座っている。
教室の端と端の席で、絶対に交じり合わない場所にいる気がしていたあの頃。
そんな柚葵が、今、心から自分の本心を叫んでくれた。
柚葵と俺の世界は、きっと今、繋がったばかりだ。
この奇跡がまぼろしなんかになってしまわないように、何度も胸の中で繰り返す。
生きてみたい。君と一緒に。……生きていきたい。
止まることを知らない涙が、ただ柚葵への愛を、語っていた。

半透明の君へ

side志倉柚葵

〝君は、透明になる前に、自分の気持ちを叫びなさい〟

芳賀先生の言葉の中で、ずっと意味の分からない文章があった。

でも、成瀬君に記憶を消されそうになった瞬間、なぜかその言葉がふと脳内に浮かんできたのだ。まるで、ずっと忘れていた呪文《じゅもん》を思い出すかのように。

成瀬君との記憶が透明になってなくなる前に、自分の気持ちを叫ぶべきと教えてくれているのだと――ようやく気づけた気がした。点と点が一瞬で繋がるかのような、そんな感覚だった。

『忘れたくない！　成瀬君と一緒にいたい！』

成瀬君の手が額に触れたと同時に、私は心の中でそう叫んだ。

すると、何かがぶつかり合うように頭の中で弾け飛んで、気づいたら目の前の景色が真っ白になっていた。

成瀬君のお手伝いさんに連れられ家に帰った私は、すぐにベッドに横になり、成瀬君のことを忘れていないことをひとりで実感すると、その安堵で静かに泣いたんだ。

記憶を消されたふりをして過ごしていた数日間、私は本当に空っぽだった。

成瀬君は一度も学校に来なくて、先生は「家の事情」だと一言説明するだけで。

もし私が記憶を保ったままだと知ったら、成瀬君はきっとがっかりするだろう。

やっと私という罪悪感そのものから解放されると思っていたのに、と。

だったら私が〝罪悪感〟を払拭《ふっしょく》できるように、動かなければと思った。

何年経ってもいいから。成瀬君の瞳に、何のフィルターも通さずに、まっすぐに映してもらえる自分になろう。そう思ったんだ。


でも、まさかこんなに早く、自分の声が戻ってくるとは、思っていなかった。

彼の名を、初めて彼の前で呼んだ時は、全身に痺《しび》れが走った。ずっと彼の名を呼びたいと体が叫んでいたかのように。

「成瀬……君……」

記憶がまだあると知られたら、成瀬君はどう思うだろう。

怒るかな。呆れるかな。もう忘れてくれと言われてしまうかな。

屋上へ続く階段を上がる一歩一歩が、深い雪に脚を沈めていくように、とても重かった。

成瀬君の目に映ることの怖さを抱えながら、私は彼に会いに行った。

でも、私に名前を呼ばれた成瀬君の顔を見て、迷いも不安もすべて吹き飛んだ。

「は、なんで……俺の名前……」

泣きそうな顔。今にも、壊れてしまいそうな顔。世界でひとりぼっちでいるところを、誰かに見つけてもらったかのような顔。

そんな反応をした成瀬君を見て、今度こそ絶対に逃げないと誓った。

「私が……覚えてる。全部、忘れない……。な、成瀬君が、苦しんでたこと、全部、覚えてたいの……っ」

私の全部をさらけ出して、成瀬君の本心に少しでも近づきたかった。

本当だよ。信じて。もうこれ以上ないよ。私の世界には、成瀬君が必要だから。

初めて廊下でぶつかったあの春の日、成瀬君は本当に、罪悪感で押しつぶされてしまいそうな瞳をしていた。

成瀬君はたったひとりで、過去の自分と戦っていたんだよね。

私は何も知らないまま、少しずつ成瀬君に惹かれていった。でもそのことを悔やんだことは、本当に一瞬もないよ。真実を知っても、成瀬君が好きな気持ちは、変わらなかったんだよ。

過去が今の成瀬君を作り上げているのなら、未来の成瀬君は、これから、作っていけばいい。

だって、人は変われないと、いったいこの世の誰が証明したの？　しがらみに囚われて一歩も踏み出せない人がもしこの世界にいたら、私は、手を握りしめてあげたい。一緒に頑張ろうって、言ってあげたい。

人はきっと、変われるよ。

自分に言い聞かせるように、そうやって、私自身も前に進んで行きたいんだ。弱くても、脆くても。

「柚葵じゃなきゃ意味がないって、そう感じることが、この世には溢れすぎてる」

成瀬君に抱きしめられながら伝えられて、私はようやく世界の誰かに自分を見つけてもらえたような気持ちになった。

私も一緒だ。成瀬君と同じように、誰かに見つけられたくて、本当は生きていたんだ。もうこれ以上世界は広がらなくてもいいって、嘘の強がりをしながら。

「成瀬君と、一緒に生きてみたい……っ」

何の混じりけもない、透明な感情を、君にあげる。

私の〝本当〟は、全部君にあげる。

だから、一緒に生きて。乗り越えて。いろんな景色を、見に行こうよ。

きっと世界は、私たちが思う以上に広くて、美しいはずだから。

○

私たちは高校三年生になった。

成瀬君が転校するつもりでいたということを知ったのは、春が近づいてきた頃。

一緒にお弁当を食べていた時に、あまりにあっけらかんと言い出したので、私は思わず箸から卵焼きを取り落としてしまった。動揺する私に成瀬君は、『安心しろ。今はそんな気はないから』と言ったけれど、もし成瀬君に想いを伝えることがあと数日遅れていたら、彼は北海道へ転校してしまっていたんだろうか。

部活動がある三年生にとって今は、最後の追い込み時期だ。

私は四月で美術部を引退することに決め、最後の部活動に向かうところ。

真新しい制服に身を包んだ生徒が、廊下を走り回っている。キラキラ眩しい笑顔を、私は穏やかな気持ちで眺めていた。

部活動と言えるかどうか微妙だったけれど、十分好きな絵を描かせてもらった。

少し感慨《かんがい》深く思いながらも、私は美術室を目指す。すると、スマホに桐からメッセージが届いた。

【明日は一緒に帰れる？】

【うん、帰れるよ】

【明日は成瀬に取られなくて済むんだ】

桐の冗談にふっと笑みがこぼれる。成瀬君と私の関係を、彼女は時間をかけて、ゆっくり受け入れてくれた。

今では私と成瀬君のことをからかってくれるほどになり、いつか三人で会うことができたら……と思っている。

そんな未来に思いを馳《は》せていたら、廊下の曲がり角で誰かにぶつかってしまった。

「柚葵か、びっくりした……悪い。怪我ないか？」

『成瀬君……！』

いつかと同じように、床に散らばってしまった私のスケッチブックを拾い上げる成瀬君。

開いた窓からはあの日と同じように桜の花びらが舞い込んでいて、唯一違うのは、成瀬君が制服ではなくて黒いジャージ着ているということだ。

成瀬君は一月から陸上部に復帰し、学内選抜も無事通過し、インターハイ予選に向けて練習を積み重ねている毎日だ。

急に辞めたにもかかわらず、急に復活して、しかも学内選抜に残った成瀬君。そのせいで同級生との間に多少軋轢《あつれき》は生じたようだったけれど、認めてもらえるまで練習する、と今は人一倍走り込みをしている。

三島君は相変わらず素直じゃない態度だけれど、成瀬君が復帰してとても嬉しそうだ。

『今日も三島君と残って練習するの？』

「そうだな。もう予選近いし」

私もしゃがんだ状態のまま、成瀬君と目を合わせる。

「あの日のこと、思い出すな。ここでぶつかった時のこと」

成瀬君も同じことを思い出していたのだと、思わず少し嬉しくなる。

あの日彼は、私の絵を見て泣いたんだ。

成瀬君の中でもう私への罪の意識は、完全に溶けたかというと、そうではないのかもしれない。彼の心を読むことはできないけれど、時々切なそうな表情を浮かべる時があるから。

でも、私はその痛みを……時間をかけて、溶かしていきたい。

「また俺のこと描いてんの？」

少しの間を置いて、私がこっそり描いた絵を見て、成瀬君は呆れたように笑った。

バレてしまったことは恥ずかしかったけれど、私はもう開き直っていた。

『骨格が、美しいので！』

「ふっ、またそれか……よく分かんねぇな」

――あ。こんな笑顔を見たの、初めてかもしれない。

私の目の前で、こんなに屈託《くったく》なく笑ってくれる日が来るなんて……。

『笑ってる……』

「ん？」

ずっと成瀬君の切ない顔や、苦しそうな顔や、涙する顔ばかり見ていたから、とても驚いたと同時に、何かが胸の中で弾け飛んだ。

半月型の瞳が優しく弧《こ》を描いて、くしゃっと目が細くなっている。

その笑顔を見て、成瀬君が今、本当の自分を私に見せてくれているような気がした。

罪悪感も何もかも、取っ払って。

今まで、この笑顔を見るために、人生があったのかもしれない。

大げさだけれど、そんな風に感じてしまうほど、成瀬君の笑顔が眩しかった。

「ふふ……ふ……」

幸せな気持ちになり、空気が抜けるようなかすかな声が、思わず口から漏れてしまう。

まだ校内で会話をすることはできないけれど、一音程度なら出すことができるようになってきた。

そのかすかな笑い声が、ふたりだけしかいない廊下に響き渡っていく。

「柚葵」

桜の花びらが窓から流れこんでくる。

成瀬君は笑っている私を優しい瞳で見つめると、名前を呼んでからふっと顔を近づけてきた。

お互いしゃがみこんだ状態のまま、顔と顔の距離が縮み、花びらが触れるかのような軽いキスを、唇に落とされる。

それはとても一瞬の出来事で、理解する頃には成瀬君の唇は離れていた。

「……北海道の美大、絶対受かれよ」

生まれて初めてキスというものをして、完全に思考が停止してしまっている私に、成瀬君は何事もなかったかのように話しかける。

さっきのは夢だったのかなと思うほど、成瀬君は平然としているので、私もとりあえず首を縦に振った。

『え！　う、うん……。なんか、成瀬君は絶対受かるみたいな言い方だね……？』

「まあ、俺は絶対受かるからな」

同じ大学ではないけれど、成瀬君は北海道内で一番偏差値が高い大学を受験することになっている。それなのに、成瀬君は余裕そうだ。

『す、すごい自信だね』

「はは、顔、赤い」

また急に会話を遮られ、成瀬君に頬を撫でられた。キスをされたという事実はやっぱりあったのだと再認識し、ますます顔に熱が集まる。

そんな私の頭にぽんと手を置いて、成瀬君は「じゃあまた後でな」と言って立ち上がる。

『今日も第二グラウンド？』

「そうだけど、見るなよ。まだブランクあって遅ぇから」

『インターハイ予選、頑張って』

「サンキュー。あ、そうだ、これ渡し損ねてたやつ」

その場を去ろうとした成瀬君が、もう一度こっちを振り返って、何やらリュックから本を取り出した。それは絶版になっていた芳賀義春先生の画集だった。

「柚葵が持ってるのと、中身だいたい同じだと思うけど」

『う、嬉しい……！　これどの古書店でも売ってなかったから』

「ていうか、柚葵が芳賀義春のこと知ってたの、奇跡に近いけどな。知ってないとあの伝言も受け取れなかったわけだし」

『うん、たしかに全部奇跡かも……』

そう言うと、成瀬君は再び目を細めて静かに笑った。

そして「じゃあまた」と言って、今度こそ去って行った。成瀬君の横を通り過ぎた新入生の集団が、「成瀬先輩だー！」と騒いでいたけれど、彼はまったく振り返らずに一階へと消えて行った。


最後の美術室に入ると、絵の具の匂いがむわっと鼻《び》孔《こう》をくすぐる。

イーゼルを窓際に用意してから、成瀬君が持ってきてくれた画集を開いた。

私が芳賀先生の作品を知らなければ、記憶は消されていたかもしれない。そう思うと、とんでもない奇跡が重なっているように思える。

『半透明のあなたへ』の作品解説ページを開くと、芳賀先生の変わらない思いがそこに記されていた。私はその言葉を、一文字一文字指でなぞりながら、心に染み込ませていく。


【私は、私のことを許していい日は来るのだろうかと、ずっとそのことだけを考えて生きていました。けれど、私のことを許せるのは私だけだと、亡き妻が再三言っていたことを思い出しました。

消えたくなった夜を超えて、瞼の裏にある彼女の映像を思い出し、この絵は完成し

ています。私のようにならないように、君は、透明になる前に、自分の気持ちを叫びなさい】

消えたくなった夜を超えて、という言葉に、芳賀先生の苦しみが垣間見える。

この作品は未来の私へ向けたメッセージだと思っていたけれど、とんでもない自惚《うぬぼ》れだったかもしれない。

芳賀先生は、『透明になりたい』と思ったことがあるすべての人へ向けて、この作品を描いたのかもしれない。

……この世界から消えたいと思う前に、自分の心を叫べ、と。

たしかに、私にもそんな辛い時期があった。今もそのしこりは残っている。

――〝消えたい〟と〝生きていたい〟を繰り返すあの頃の私は、まるで半透明だった。

パーン……と、グラウンドから、突然銃声《じゅうせい》が鳴り響く。

その音にハッとして、一旦画集を閉じて美術室の窓から外を覗くと、次のレースに備えアップをしている成瀬君が見えた。今日はタイム測定があると言っていた気がする。

〝成瀬慧〟は、少し前まで、こうして窓越しにしか見たことのない存在だった。

自分にとっては一生関わることのない、眩しいばかりの人だと思っていた。

窓のそばに咲いている桜が風に吹かれて、開けっ放しの窓から花びらが教室中に舞い降りてくる。

成瀬君の番はもう少し先のようだけど、完全にスイッチを入れて、真剣な顔になっていた。

きらきら輝く太陽が、成瀬君の色素の薄い髪を透かしている。

今、成瀬君の目からは、この世はどんな風に見えているんだろう。

人の感情が透けて見える透明な世界で、成瀬君の目に私はどう映っているんだろう。

私の汚い感情も葛藤も全部知った上で、成瀬君は私に心から笑いかけてくれた。

だから私は願い続ける。成瀬君の世界が、ほんの少しでも、優しく温かくなりますようにと。

『頑張れ、成瀬君』

胸の中で何度も唱える。いつかこの声が、どんな場所でも彼に届けられるように、私も一歩進みたい。

頑張るから。乗り越えていくから。どんなに時間がかかっても、きっと。

私は小さな決意を胸に、目の前のキャンバスへ絵の続きを描き足していく。

成瀬君と再会してからの一年を思いながら、教室から見える桜の木の景色を、キャンバスの中に閉じ込める。

不思議だ。毎日ひとりで見ていた景色なのに、成瀬君と出会ってから、とても特別なものに見えるよ。

未来のことは分からないけれど、いつか、いつかきっと、自分を変えることはできると。そう願って、一筆一筆、色を置いていく。

この絵が完成したら、成瀬君に見せよう。一番に見せよう。

私は成瀬君に伝えたいのだ。

この世界が、今、自分の目にどう映っているかを。

その相手は、成瀬君じゃなきゃ、意味がないから。

「位置について——用意」

スタートの合図が聞こえ、窓に再び視線を戻すと、パーンという号砲とともに、成瀬君は青空の下、風のように走りだす。

銃声が心臓に響いたその瞬間、私の中でも何かが動きだした気がした。

成瀬君と出会ってから、世界がずいぶん変わって見えるようになった。

そして、この世界を、成瀬君と生きてみたいと思うようになった。

不思議だ。たったそれだけのことが、眩しいくらいの希望になっていく。

窓から舞い込んだ桜の花びらが一枚、視界の横を通り過ぎる。

いつかの半透明だった私たちに、光の春が、訪れた。

end

エピローグ

世界の色を変えるのは

常連客がほとんどの静かな喫茶店《きっさてん》の窓から、新緑の葉がキラキラと輝いて見える。

店内には、丁寧に入れられたコーヒーの匂いが漂い、新聞紙を開く音と、ゴリゴリとコーヒー豆を挽《ひ》く音だけが響いている。

マスターが少し休憩に入ると言うので、私はこくんと頷き、了解です、と手話で返した。

まだ少し肌寒かった大学の入学式を終えて、あっという間に二か月の時が過ぎていた。

受験期間はずっと出口のないトンネルの中にいるようで大変だったけれど、終えてみるとあっという間だったと感じる。

高校生活も最後の方は、クラスの子とメモで少し会話ができるようになり楽しかったから、卒業はちょっとだけ、名残惜《なごりお》しかった。

「雪の色が何色か知ってる?」

祖母の紹介でバイトさせてもらえることになった喫茶店でグラスを磨いていると、唐突にそんな質問をされる。

質問してきたのは、偶然にも成瀬君と同じ大学に通う学生で、このバイト先では一応後輩の、吹石《ふきいし》君だ。

吹石君も今年の春に北海道に来たばかりらしく、金に近い派手な髪を無造作にセットしている。「舐められたらいけないと思って入学前に染めた」といつか笑っていた。

『雪の色ですか？　白じゃないんですか？』

そんな彼に向かって、私は手話で問いかける。

実は吹石君の妹さんは難聴《なんちょう》らしく、それで手話を覚えたのだとか。

マスターには「了解」とか、「教えてください」とか、簡単な手話だけ事前に伝えていたけれど、吹石君には完全にどんな会話も手話で伝わる。

私もそんなに手話が得意なわけではなかったけれど、受験が終わってから入学前までに猛勉強し、吹石君には逆に教えてもらったりもした。

吹石君は理系の学科らしく、時折こんな風に自然に関するクイズを出してくる。

「白に見えるけど、雪の結晶《けっしょう》は透明じゃない？」

『たしかに……。降り積もると、白く見えますね。影は青にも見える』

吹石君の言葉にハッとして、うーんと首を横に傾けていると、彼は私が拭いたグラスを片付けながら口を開いた。

「光の乱反射《らんはんしゃ》で白に見えてるだけなんだ。雪の結晶ひとつひとつは、本当は透明で無色」

『透明で無色……』

「柚葵ちゃんの好きな色だね」

吹石君が明るくニコッと笑うので、つられて思わず私も笑う。

透明が好き、というわけではないのだけど、気づいたら身の回りにクリア素材の文房具やキーホールダーやアクセサリーが増えてしまった。理由は自分にも分からない。

成瀬君からプレゼントされるものに、クリア素材のものが多かったからだろうか。

ポケットに入れておいた、芳賀先生の美術館で買ってもらったガラスのペンを見て、そんなことを思い出す。

成瀬君も当然の如《ごと》く北海道の大学に受かり、勉強とバイトと部活の両立で忙しそうにしている。

幸いにもお互い大学の場所が近かったおかげで、広い北海道の中で遠距離にならずには済んだ。

そういえば今まで聞いたことがなかったけれど、吹石君と成瀬君は知り合いだったりするのかな……？　大きい大学だから、今まで気にしたことがなかった。

今更疑問に思い吹石君の顔を思わずじーっと見つめてしまうと、彼はニヤッと笑い、私の頭の上に手を置いてきた。

「なに？　そんなに見て、俺に惚《ほ》れちゃった？」

え！という驚きの言葉を顔全体で表現して固まっていると、お客さんの入店を知らせるベルがカランと小さく鳴った。

ドアに視線を向けると、そこにはついさっきまで私の頭の中を占めていた人――成瀬君がいた。

少し高校生の時より前髪が伸びた彼は、黒Tシャツにパンツスタイルというシンプルな服装をしているけれど、ずいぶん大人っぽい雰囲気になった。

成瀬君は私たちのことを見ると、スタスタとこっちにやってきて、私の頭を触っていた吹石君の手を無言で引き剥がした。

「何この手。邪魔」

「えっ、慧、なんでここにいんの？」

「こっちのセリフなんだけど」

あれっ、やっぱりふたりは知り合いだったのかな？

戸惑いながらふたりの顔を見比べたけれど、成瀬君は不機嫌全開の表情で、吹石君は目を丸くして驚いている。

成瀬君がこの喫茶店に来るのは実は三回目だけれど、吹石君のシフトと被《かぶ》ったのは今が初めてだ。

三回とも、私のシフトが終わる直前に成瀬君が現れて、コーヒーだけ飲むと数十分後に一緒に帰るということをしていたから。

「え、なに、まさか噂の彼女って、柚葵ちゃん？」

「名前で呼ぶな。苗字で呼べ」

「えー、心せま……。学部一のモテ男なのに」

えっ、そうなんだ、と、心の中で少し驚く。

成瀬君、やっぱり大学でもモテているんだ。

そんな私の心を読み取ったのか、成瀬君は私の方を見てぶんぶんと首を無言で横に振る。そして、「余計なことを言うな」と言って吹石君のことを睨みつける。

『ふたりはどんな関係なの？』と手話で問いかけると、成瀬君が嫌そうな顔で答えた。

「同じ科目を選択してるだけだ。うるさいから覚えてた」

「ひどい言われようだなー。一緒に発表の準備した仲じゃん」

「柚葵。テイクアウトでアイスコーヒーふたつよろしく。外で待ってるから」

「めっちゃ無視するじゃん。店の中にいればいいのに」

成瀬君のオーダーを受けて、私はこくんと頷きアイスコーヒーを作りはじめる。

コーヒーに粒状の氷を入れて出すだけの簡単な作業にはもう慣れたもので、すぐに成瀬君にコーヒーを提供した。

レジのやりとりは吹石君が済ませてくれたようで、なんだか不穏な空気があたりに漂っている。

もしかして、あんまり気が合わないのかな……？

なんて思っていると、残り十五分でバイトを上がる時間になっていた。

私はいったん彼らのことはほっといて、せっせと残りの時間でできる仕込みや掃除をこなしていく。

成瀬君はいつの間にか外に出ていて、吹石君がいろんなことを聞きたそうに、レジから私のことを見つめていた。

「ふたりはどんな出会いなの？」

『高校が一緒だったんです』

「なるほどねー。いつも筆談《ひつだん》で会話してるの？」

『彼の前でだけは、ふたりきりの場所だったら話せるんです』

大学や喫茶店みたいに人が多い空間だと、成瀬君相手でもまだ声を出すことはできないけれど。

「あんなにカッコいい彼氏がいたなんてなー。しかもそんなに厚い信頼関係。太刀打《たちう》ちできないや」

吹石君の軽い冗談を笑って流しながら、水回りの掃除を済ませる。

退勤の時刻になったのでエプロンを外し、カードを挿入して打刻《だこく》をした。

マスターが部屋の奥からしゃがれた声で「おつかれさーん」と言ってくれたので、私は笑顔でぺこっとお辞儀《じぎ》を返す。

白いブラウスの私服に着替え、吹石君に会釈しつつそーっと店を出ようとすると、吹石君が「これあげる」と言って何かを渡してきた。

「成瀬と一緒に食べな」

『ありがとうございます！　これはいったい……？』

手話でお礼を伝えて、それを受け取る。

手のひらにのったのは、雪の結晶のアイシングが施されたクッキー二袋だった。水色のチェック柄の袋で綺麗にラッピングされている。

「マスターが休憩時間にって売れ残りくれたんだけど、あげるよ」

『何気に成瀬君甘いもの好きなんで、きっと喜びます』

「そうなんだ、なんか意外だね」

私は改めてもう一度ぺこっと頭を下げて、開閉のベルを鳴らし成瀬君のもとへ向かった。

六月の空気は、少しだけ湿っぽい。

大学生になって顎くらいまで切った髪の毛は、自由奔放《ほんぽう》にあっちへこっちへと跳ねている。

店の向かいにある小さな公園にいた成瀬君を発見したけれど、公園の入り口で知らない男女ふたりと何やら話し込んでいた。

荷物の量やパンフレットを手に持っているのを見た限りでは、観光客っぽい。

ちょっと離れたところで会話が終わるのを待っていると、その男女ふたりは私に気づいて笑顔で頭を下げ、成瀬君にお礼を伝えてその場を去っていった。

「今の、観光客の人？」

「うん、道に迷ってたみたいだから教えてた」

私はゆっくりと自分の声で成瀬君に問いかける。変わらず話せる相手は限られているけれど、高校生の時と比べるとだいぶすらすら話せるようにはなった。

女の人はすごく可愛らしい雰囲気で、男の人はモデルのように背が高かった。どこからどう見てもお似合いのカップルだった。

成瀬君は少し不思議そうにその観光客を眺めながら、「今の男の方……」とつぶやいて、言葉を止める。

どうしたんだろう？　誰か知り合いにでも似てたのかな？

頭の上に疑問符を浮かべると、成瀬君はふっと小さく笑った。

「何かあったの？」

「いや、世界って広いなーと思って」

「どういうこと？」

「さっきの人、俺と同じ能力者かも」

「ええ！」

思わず驚きの声を上げると、成瀬君も珍しく動揺した声で「俺も初めて会ったわ」とつぶやいた。

まさか、成瀬君以外にもそんな能力者がいるだなんて……。本当に、世界は広い。

心を読んだから分かったのか、能力者同士で何か感じるものがあったのか分からないけれど、成瀬君も驚いている様子だ。

成瀬君と同じように透明感のある端正な顔立ちの男性だったような……。

同じ力を持った人と出会って、成瀬君はどう思ったんだろう？

じーっと成瀬君の顔を見つめていると、私の頬に冷たい何かをピタッと当ててきた。

「まあとりあえず、バイトお疲れ」

「あ、あれっ、ひとつは私のだったの？」

「うん」

「暑いからてっきりふたつ飲むのかと思ってた……」

「そんな訳ないだろ」

私は驚きつつもありがとうとお礼を伝えてアイスコーヒーを受け取った。

それから、近くにあったベンチに腰かけ、ふたりでアイスコーヒーを喉に流し込む。結露で汗を掻いていたけれど、まだちゃんと冷たい。

「遺伝性の力だから、どこかに存在するかもと思ってたけど、北海道で会うとはな」

成瀬君は一息ついてから、ひとり言をつぶやくように、初めて能力者と出会った感想を言った。「ほんとだね。すごい確率だよね、きっと」

「しかも、隣の女性も能力のこと受け止めているみたいだった。俺たちと似てるな」

「えっ、そうなんだ！　なんていうか、嬉しいね」

素直にそう言うと、成瀬君は柔らかく笑った。

嬉しいという感情がしっくりくる。そっか、この世界にも、私たちみたいな人がいて、そして、ちゃんと愛を築くことができているんだ。

それは希望であり、幸せなことだと思った。

和やかな気持ちになっていると、隣で穏やかに笑っている成瀬君と目が合った。それを見て私は少しホッとする。

「よかった、さっきまで成瀬君、機嫌悪そうだったから」

「あれは完全に吹石のせいだ」

「あんまり仲良くないの……？」

心配そうに聞くと、成瀬君はつまらなそうにこう答える。

「アイツ、完全に柚葵に下心あった。全部読めた」

「あはは、そんなまさか」

「いやほんとだって。俺の能力忘れたの？」

「うーん、好きの種類がきっと全然違うよ」

成瀬君はありもしないことを心配しているようだけど、吹石君はいろんな女の子のお客さんにあんな態度だし、考えすぎだと思う。

でも、成瀬君は私の考えにまったく同意していない様子だ。

そんな彼の機嫌を取り戻すように、私はあることを思いついた。

「そうだ、一緒にクッキー食べない？　マスターが焼いてくれたの美味しいんだよ」

「それ、アイツにもらったんでしょ？」

「こ、心読まれてる……。でも焼いたのはマスターだから……」

「まあ、たしかに。あと、クッキーは好きだからもらう」

全然素直じゃない態度だけど、成瀬君は少し嬉しそうにクッキーを手にした。

何とか吹石君の話題から逸らせたことにほっとするけれど、機嫌取りのためにクッキーを与えたことまで彼には筒抜けなのだ。

文句を言いつつも、クッキーの細やかなアイシングをまじまじと見ている成瀬君に、愛おしさを感じる。

「このクッキー、雪の結晶の形してるんだな」

「そうなの。『スノウホワイト』って店名だから、結晶型なの」

「柚葵は、雪は何色か知ってる？」

「えっ」

それ、さっき吹石君にも聞かれた……ということを瞬時に心の中で思ってしまったので、成瀬君は明らかに嫌そうな顔をしている。

まさかまったく同じ質問をされるとは思っていなかったから少し驚いた。

成瀬君もまさか同じことを聞いてしまったとは、という顔をしているが、静かに言葉を続ける。

「光があるかないかで、世界の見え方が変わるなんて、不思議だよな」

「そうだね。まだこっちに引っ越してからは一度も雪を見てないけど……、本当に真っ白になっちゃうんだろうなあ」

北海道出身の学生には、本当に死ぬほど寒いから防寒対策気をつけて、とたくさん言われたけれど、正直まだその寒さが想像できないでいる。おばあちゃんの家に行くときも、冬はずっと避けていたから。

きっと、呼吸をすると痛いくらい寒いんだろう。でも、真っ白な雪をこの目で見られることを少し楽しみにすら思ってしまっている。

「じゃあ、ダイヤモンドダストは知ってる？」

成瀬君が思いついたようにそんなことを聞いてきた。

「ダイヤモンドダスト……？」

「凍った空気中の水蒸気《すいじょうき》が結晶になって、それに太陽光が当たると銀の粉を撒《ま》いたみたいにキラキラして見えるらしい。まさに光が生み出す芸術。北海道の美瑛《びえい》町で極《ごっ》寒《かん》の日に見えるって聞いたけど」

「初めて知った！」

成瀬君に言われて動画を調べてみると、本当に空から銀の粉をサラーッと撒いたように、美しい景色が広がっていた。

まるでスノードームの中に入ってしまったかのような世界に、思わず見惚れる。

粉砂糖のように細かく繊細な光の粒に、完全に心奪われてしまった。

「成瀬君と見に行きたいなあ……」

ぽつりとこぼすと、成瀬君は目をパチクリさせてから、ふっと笑った。

「マイナス十五℃以下じゃないと見れないらしいけど、頑張れる？」

「え！　それってほぼ冷凍庫の中と同じだよね……」

「速攻で自信なくしてんじゃん」

いじわるな笑みを浮かべる成瀬君に、頭をポンと叩かれる。

あまりに綺麗な景色だったから考えなしで言ってしまったけれど、正直まだ北海道に来て間もないのにそんな極寒の地に足を運ぶ勇気はない。

だけど、成瀬君と見たいと思ったことは、本心だ。

「私、これから成瀬君と、いろんなものを見に行きたい。美しいものとか、見たことないものとか」

「うん」

「成瀬君と一緒だったら、どんな世界の色でも見てみたいって思う」

なんて、柄にもないことを伝えてみると、成瀬君は愛おしそうに目を細めて、静かに頷いた。それから、私の手をそっと握りしめる。

「俺にとって、世界の色を変える光は、柚葵そのものだよ」

「え……？」

「柚葵と一緒にいると、世界が何色にでも見えてくる」

本当だよ、と付け足して、成瀬君は握っていた手に力を込めた。

返事をするように、私は成瀬君の手をぎゅーっと強く握り返した。

成瀬君は意外にもすごく大げさに愛情表現をしてくれることがよくあるけれど、むず痒くもあり、でもやっぱり嬉しいと思ってしまう自分がいる。

私なんかが成瀬君の光になれるとは思っていないけれど、少しでも彼の世界に彩りを与えることができているのなら、嬉しい。

琥珀色の優しい瞳に、幸せそうな顔をした自分が映っている。

彼のビー玉みたいに綺麗な瞳を通して、自分の今いる世界を俯瞰で見た。

成瀬君と一緒にいる時の私は、いつもこんな顔をしているんだ。

胸の中に、温かいお湯が流れ込んでいくように、優しい気持ちになっていく。

「成瀬君となら、マイナス十五℃の世界でも、頑張れるかも」

「……言ったな？」

「う、うーん……、たぶん、メイビー……」

自信なさげに返事をする私を、成瀬君が呆れ気味にじーっと見つめている。

それから、ふたりで同じタイミングでぷっと吹き出し、笑った。

成瀬君といると、どんな景色もキラキラ輝いて、鮮やかに見えてくる。

本当だよ。嘘じゃない。

世界の色を変える光は、君そのものだ。

書き下ろし番外編

君がここに存在する

前にも、同じような夢を見たことがある気がする。

今見ているものは夢なのだと理解しながら、俺は冷静にそんなことを思っていた。

小学生の頃の柚葵が、友人と一緒に楽しそうに声を出して笑っている夢だ。

そんな世界線の柚葵は現実には存在しないわけだから、これは俺が抱いている幻想で、ただの夢なのだとすぐに理解できた。

俺が奪ってしまった、もう二度と戻ってこない、過去の柚葵の姿をじっと目に焼き付ける。

『成瀬君、おはよう』

知っているはずもない俺の本名を、幼い柚葵が呼ぶ。

小学生当時、帰国子女という理由で柚葵がいじめられていることは知っていた。

知っていたのに、俺は視界の端に入れるだけで、興味を持とうともしなかった。

誰にも興味を持てなかったんだ。

はやくこの世界から消えてしまいたいと思っていたあの頃は。

もし、あの頃に戻れたなら、俺はどうするだろう。

俺と同じように、透明人間のように生きていた柚葵の名前を、何度だって呼んであげたいと思う。

消えたいと思っていい。だけど、消えないでほしい。

そんな思いを込めて、名前を呼んでくれる人がひとりでも存在したら、きっと世界は変わって見えるはずだ。

高校生になった柚葵が俺に、そうしてくれたように。

今すぐ呼んであげたい。彼女の名前を。

これは夢だと分かっているけれど、あの時の柚葵に、自分を必要としている人がいることを知ってほしい――。

「柚……」

『成瀬君！』

心の声が流れ込んでくると同時に、ぼんやりと、目の前に心配そうな顔をした柚葵が浮かんできた。

夢と現実の境目で揺れながら、俺は徐々に現実世界へと戻っていく。

『美術館着いたよ！　降りよう』

「……あ、ほんとだ」

バスの中で揺られながら、俺はいつの間にか眠ってしまっていたようだ。車内の電光掲示板では、美術館前、という文字が赤く点滅している。

ネイビーのポロシャツワンピースを着た、大学生になったばかりの柚葵に手を引かれて、慌ててバスを降りた。

寝ぼけ頭をなんとか回転させて、辺りの景色を見まわす。日は沈み、空は少しずつオレンジ色に染まってきている。

『よかった無事降りられて。思った通り、この時間だと全然人いないね』

「もう春休みも終わったし、閉館まであと少しだしな」

『実質貸し切りだね。よし……』

ただの四角い箱に見える美術館の周りをきょろきょろと見渡して、柚葵はすうっと深呼吸をした。

そして、マイクテストをするかのように慎重に声を出そうと試みる。

「やっと、一緒に来れた。芳賀先生の美術館」

柚葵の少し掠れた声を聞いて、俺は自然と自分の目が細くなっていくのを感じた。

二人きりだったら話せるようになった柚葵と、コミュニケーションを取りやすくするために、わざと人が少ない時間帯を選んでここにやってきた。

同じ北海道に引っ越してきて、まず一番にやりたいと思ったこと。

それは、柚葵と一緒に曾祖父の作品を見に来ることだった。ようやく昔の約束を果たすことができるのだと思うと、感慨深い。

「成瀬君の家からだと、一時間半はかかっちゃったよね？」

「柚葵の家からとそんなに変わらないよ」

「そっか」

一人暮らし先は、自分の大学と柚葵の大学の間にあるマンションに決めた。何かあったらすぐに助けに行けるように。

いずれ一緒に住めたら一番いいけれど、今は色んな新しいことにひとりで挑戦したいと思っている柚葵を見守りたい。祖母の紹介でバイト先が決まったと、ついこの前喜んでいたから。

「閉館しちゃうし、はやく行こう！」

「だな」

この美術館には何度も来ているという柚葵が、受付まで先導してくれた。

案の定、女性の学芸員に「残り三十分で閉館ですが……」と心配されたが、「大丈夫です」と答えてチケットを購入した。

柚葵は終始、わくわくしたような表情をしていて、俺もつられて同じような表情をしてしまいそうになった。

「へぇ、外から見たら分からなかったけど、庭園があるんだ」

「綺麗だよね。私もこの景色好き」

建物の真ん中には、蓮の葉が浮かんだエメラルドグリーン色の美しい庭園があった。それを右手に見ながら、ゆっくり奥まで進んでいく。

弾むように歩く柚葵の後ろ姿から、今とても幸せそうなことが伝わってくる。

柚葵と、ずっと約束していたことだ。やっと果たすことができて、俺も本当に嬉しい。

柚葵曰く、芳賀義春の作品はほとんどここに残されているらしい。

初期の作品を順番に眺めながら、俺たちはゆっくりゆっくり奥へと進んでいく。

『もうすぐだ。ようやく一緒に見れるんだ』

柚葵の少し緊張したような心の声が、心の真ん中に流れ込んできた。

曾祖父の作品がなかったら、柚葵は今こんな風に一緒にいられなかったかもしれないと言っていた。

俺はどうしてか今まで曾祖父の作品を見ること自体あまり気が進まず、ましてや北海道まで来るなんてありえないと思っていたけれど、柚葵となら大丈夫だと思えたのだ。

きっと、同じ能力を持った曾祖父が作ったものを見ることが、どこか怖かったのだろう。

もし、自分の人生に希望がないことが、曾祖父の作品から伝わってしまったら、立ち直れないと思って……。

「成瀬君、この作品だよ。私が一番好きな作品」

ある作品の前で、柚葵がゆっくり足を止めた。

いつの間にか床を見て歩いていた俺は、ゆっくり視線を上げる。

壁一面のスペースを取って、床から天井まで届く大きな絵画が目の前にあった。

【半透明のあなたへ】と書かれた金のプレートと、若い女性がカーテン越しに涙している絵が、一気に瞳の中に流れ込んできた。

胸の奥底から、悲しみと切なさが同時に込み上げてきて、涙腺に直結する。

俺はもう、ここから一歩も動けないかもしれない、と思った。それほどの衝撃だった。

描かれた女性は、間違いなく曾祖母だ。優しいタッチから、一筆一筆大切に描かれたことがひしひしと伝わってくる。

「そうか……」

曾祖父は、最後まで愛し抜いたのだ。曾祖母のことを。

残酷なことも、美しいことも、すべて透けて見えてしまうこの世界で、たったひとつ見つけたのだろう。

自分も誰かを愛していいのだという、尊い答えを。

「成瀬君……？」

「ごめん」

自然と涙していた俺を、柚葵が心配そうに見上げている。

俺はすぐに指で涙をぬぐって、何事もないかのように振舞うよう努めた。

それなのに、再び涙が一筋溢れてしまった。

「ごめん、なんか……」

「大丈夫。私しか、いないよ」

柚葵はそっと俺の背中をさすって、寄り添ってくれた。

曾祖父が本当は何を伝えたかったのか、真実は分からない。だけど、俺はこの絵を生で見ることができてよかったと、心から思えた。

そっと、解説に書かれた文字をなぞる。

〝君は、透明になる前に、自分の気持ちを叫びなさい〟。

長い長い時を経て、かつて消えたかった俺たちに届いた言葉だ。それを、胸の奥底に深く刻み込む。

振り返れば、一瞬のように思えるような人生を、俺は、柚葵と生きたい。

今、自分のど真ん中にある本音を、心の中でそっと叫んだ。

「も、もっと時間余裕持って来ればよかった？」

「いや。もう平気。十分だ。ありがとう」

永遠にここで突っ立っていそうな俺を見て不安に思ったのだろう。柚葵を安心させるように手を握り、ゆっくりと絵から離れて歩きだす。

大丈夫。あの半透明な美しい絵画は、もう瞼の奥に焼き付いている。

もし何かに迷うことがあったら、きっとまたここに来よう。そう思いながら一歩踏み出した。

「そういえば、お土産何か買いたいって言ってなかったっけ」

ふと思い出して問いかけると、柚葵自身もすっかり忘れていたようで「あ」と声を出した。

「ガラスのペン！　前来た時、欲しいなって思ったの！」

「買おう。あと五分だ」

「走らないように、でもすごく急ごう！」

「難しいなそれ」

矛盾した会話を一緒に笑いながら、俺と柚葵は急いで売店へと向かった。

けれど、ふと背中から、不思議と誰かの優しい眼差しを浴びているように感じた。

急ぎながらも振り返ると、曾祖父経歴が下に添えられた、白黒の顔写真パネルが遠くに見えた。

「成瀬君、こっち！」

曾祖父の写真に少し気を取られたが、いつの間にか手を離して先を歩いていた柚葵が俺の名前を呼んだので、前に向き直る。

柚葵が笑顔で自分を呼んでいる。なんだか眩しすぎるその光景に、思わず目を細めてしまった。

きっとこの先、光の日も影の日もあるだろう。曾祖父と曾祖母が悩み苦しんだように、俺たちにも色んな困難が待っているのかもしれない。

でも、その日々の揺らぎでさえ、一緒に乗り越えたいと思える人に出会えた。

過去はもう二度と変えられない。目の前にあるものは未来だけだ。それならもう、ただ進むしかない。

「今行くよ。柚葵」

この世界から消えてしまいたいと思っていたあの頃の傷を抱きしめて、どこまでも一緒に歩もう。

もしも、柚葵にまた消えたいと思う日が訪れてしまったら、何度だって柚葵の名前を呼ぶ。

君がここに存在する。その事実だけで救われる俺がいると、知ってもらえるように。

たとえ声が枯れて、音にならなくなっても、心の中で叫び続けるだろう。

「柚葵」

追いついてから、再び手を握り名前を呼ぶ俺を、柚葵は不思議そうに見上げる。

その透明な瞳に、永遠に映っていられますように。

掌で優しい体温を感じながら、強く静かに、祈った。

残酷なことも、美しいことも、すべて透けて見えてしまうこの世界で、たったひとつ見つけた光。

それが君なのだということを、何年かけても、伝えていこう。

あとがき

この度は『半透明の君へ』をお手に取ってくださりありがとうございます。

本作は、二〇二一年に発売された同タイトルの文庫本を単行本化した作品になります。今回の単行本化にあたり、細かな修正を加えさせて頂きました。

『心が読める』能力を持った少年と、『声が出せない』少女が出会ったお話でしたが、いかがでしたでしょうか。最後まで読み、少しでも何か感じとって頂けたら幸いです。

作中に何度も『透明人間』というワードが出てきたとおり、本作は、生きていて消えてしまいたいと思ったことがある人にどうか届いてほしいと思って書いた作品でした。

消えたいと思っていい。でも、消えないでと思ってくれる人が必ずどこかにいる。そして、人は人と出会うことで変わることができる。そんな願いを込めて、成瀬と柚葵の葛藤を描いていました。

人はきっと変われる。その真偽が大事なのではなく、そう言い聞かせて生きていくこと自体に意味がある気がしています。

成瀬と同じように、思い出したくもない過去の自分がいる人は、きっとたくさんいるはずです。私はいつも、自分を好きでいるってとても難しいことだと思っています。でも、自分を乗り越えることはきっとできる。そう思って、作中の人物たちに色んな願いを託しました。

環境が変わり、新しい人と出会い、世界が広がることで、わずかでも変わっていくものはきっとあります。少しでもそう信じて前に進むことが、もしかしたら『自分を乗り越える』ということに繋がっていくのかもしれません。

もし消えたいと思うことがあったとき、本作品が乗り越える力に少しでもなれたら嬉しいです。

最後になりましたが、透明感あふれる美しいイラストを描いてくださった萩森じあ様、編集スタッフの皆様、いつも応援してくださる読者様、そして今回初めて私の作品を読んでくださった方、すべての方に心より感謝申し上げます。柚葵と成瀬の物語を最後まで見届けてくださり、本当にありがとうございました。

春田モカ

この物語はフィクションです。実在の人物、団体等とは一切関係がありません。

本書は、2021年8月に小社・スターツ出版文庫より刊行されたものに、一部加筆・修正したものです。

[春田モカ先生へのファンレター宛先]
〒104-0031東京都中央区京橋1-3-1
八重洲口大栄ビル7F
スターツ出版（株）書籍編集部 気付
春田モカ先生

半透明の君へ

2024年9月28日　初版第1刷発行

著者　春田モカ

発行人　菊地修一

発行所　スターツ出版株式会社
〒104-0031 東京都中央区京橋1-3-1
八重洲口大栄ビル7F

TEL 03-6202-0386（出版マーケティンググループ）
TEL 050-5538-5679（書店様向けご注文専用ダイヤル）
https://starts-pub.jp/

印刷所　大日本印刷株式会社
Printed in Japan

ISBN978-4-8137-9368-7　C0095

この1冊が、わたしを変える。

スターツ出版文庫　好評発売中！！

春田《はるた》モカ／著

定価：638円
（本体580円＋税10%）

いつか、君の涙は光となる

最高に切なく号泣。

**愛する人の“たった一度の涙”
その理由とは──。**

高校生の詩春には、不思議な力がある。それは相手の頭上に浮かんだ数字で、その人の泣いた回数がわかるというもの。５年前に起きた悲しい出来事がきっかけで発動するようになったこの能力と引き換えに、詩春は涙を流すことができなくなった。辛い過去を振り切るため、せめて「優しい子」でいようとする詩春。ところがクラスの中でただひとり、無愛想な男子・吉木馨だけが、そんな詩春の心を見透かすように、なぜか厳しい言葉を投げつけてきて──。ふたりを繋ぐ、切なくも驚愕の運命に、もう涙が止まらない。

イラスト／しおん

ISBN978-4-8137-0449-2

スターツ出版人気の単行本！

『さようなら、かつて大好きだった人』

メンヘラ大学生・著

幸せになるんだったら君とがいい。そう口にできたらどれだけ楽だっただろう。でももう、伝える術もなければ資格もない。ただ願わくば、もう一度会えたら、親友なんかじゃなくて、セフレでもなくて、彼にとってたったひとりの恋人になりたい――。共感必至の報われない25の恋の超短編集。

ISBN978-4-8137-9359-5　定価：1540円（本体1400円＋税10％）

『余命 最後の日に君と』

余命最後の日、あなたは誰と過ごしますか？――今を全力で生きるふたりの切ない別れを描く、感動作。【収録作品】『優しい嘘』冬野夜空／『世界でいちばんかわいいきみへ』此見えこ／『君のさいごの願い事』蒼山皆水／『愛に敗れる病』加賀美真也／『画面越しの恋』森田碧

ISBN978-4-8137-9358-8　定価：1540円（本体1400円＋税10％）

『超新釈　5分後にエモい古典文学』

野月《のづき》よひら・著

枕草子、源氏物語、万葉集、徒然草、更級日記…喜びも、悲しみも、ずっと変わらない人の想いに時を超えて感動!?　名作古典を現代の青春恋愛に置き換えた超短編集！

ISBN978-4-8137-9352-6　定価：1485円（本体1350円＋税10％）

『あの夏、夢の終わりで恋をした。』

冬野《ふゆの》夜空《よぞら》・著

妹の死から幸せを遠ざけ、後悔しない選択をしてきた透。しかし思わずこぼれた一言で、そんな人生が一変する。「一目惚れ、しました」告白の相手・咲葵との日々は幸せに満ちていたが…。「――もしも、この世界にタイムリミットがあるって言ったら、どうする?」真実を知るとき、究極の選択を前に透が出す答えとは…？

ISBN978-4-8137-9351-9　定価：1540円（本体1400円＋税10％）

書店店頭にご希望の本がない場合は、書店にてご注文いただけます。

スターツ出版人気の単行本！

『いつまでもずっと、あの夏と君を忘れない』

永良《ながら》サチ・著

高２の里帆には幼馴染の颯大と瑞己がいる。颯大は中学時代、名の知れた投手だったが〝あること〟をきっかけに野球を辞め、一方の瑞己は高校進学後も野球を続けていた。里帆は颯大にもう一度野球をして欲しかった。そして３人で誓った甲子園に行く夢を叶えたかった。しかしそんな時、里帆が余命わずかなことが発覚し…。

ISBN978-4-8137-9342-7　定価：1485円（本体1350円＋税10％）

『あの花が咲く丘で、君とまた出会えたら。Another』

汐見夏衛《しおみなつえ》・著

大ヒット『あの花が咲く丘で、君とまた出会えたら。』待望の続編！／「もし、生まれかわれるなら――今度こそ、君の側にいよう」【白昼夢】―佐久間彰／「あなたと出会ったことで、私は変わった。あなたの想いが、私を変えたんだ」【水鉄砲】―加納百合／など、人気登場人物たちの“その後”が読める短編集。

ISBN978-4-8137-9341-0　定価：1540円（本体1400円＋税10％）

『泣きたい夜にはアイスを食べて』

雨《あめ》・著

仕事で失敗し、自分を責めてしまう。恋愛に疲れ、孤独で寂しい。そんな悩める夜に――。心を癒す人生の処方箋。頑張るあなたを救う言葉がきっと見つかる。心救われ、涙があふれる12の超短編集。

ISBN978-4-8137-9336-6　定価：1485円（本体1350円＋税10％）

『愛がなくても生きてはいけるけど』

詩《うた》・著

愛がなくても生きてはいけるけど、幸せも、切なさも、後悔もその全ては永遠だ。SNSで16万人が共感している言葉を集めたショートエッセイ。あなたの欲しい言葉がきっとここにある。【収録項目】欠点こそが愛の理由。／「好きかもしれない」はもう負けている。／別れの理由は聞いておいた方がいい。他

ISBN978-4-8137-9325-0　定価：1540円（本体1400円＋税10％）

書店店頭にご希望の本がない場合は、書店にてご注文いただけます。

スターツ出版人気の単行本！

『私はヒロインになれない』

小桜菜々《こざくらなな》・著

幸せなヒロインにはなれなくても、いつか、たったひとりの“特別”になれるだろうか――。自分と正反対の可愛い彼女がいる男に片想いする明。彼氏の浮気に気づいても、“一番”の座を手放せない沙夜。この苦しい恋の先にある、自分らしい幸せとは――全ての女子に贈る、共感必至の恋愛短編集。

ISBN978-4-8137-9318-2　　定価：1485円（本体1350円+税10%）

『ありのままの私で恋がしたかった』

蜃気羊《しんきよう》・著

ずっと一緒にいたいと思ってた。それだけ私は君のことが好きだったし、君の理想になれるように無理だってした。だけど、そんな私の背伸びを君は見抜いたんだね。素直になれなくてごめんね。（本文『君との関係はもう、戻らない』引用）恋に悩む夜に、自分が嫌になる夜に、心救われる1ページの物語。

ISBN978-4-8137-9312-0　　定価：1485円（本体1350円+税10%）

『僕たちの幸せな記憶喪失』

春田《はるた》モカ・著

「君達が食べた学食に、記憶削除の脳薬が混ぜられていた」高3の深青は、担任からそう告げられた。罪悪感から逃れて別の人生を歩めるかもしれない…そんな考えが深青の頭をよぎる。ざわめく教室で、一人静寂をたもつ映。彼もまた、人生から逃れたい理由を持っていた。ふたりは卒業アルバム委員としてまじわるが…。

ISBN978-4-8137-9311-3　　定価：1540円（本体1400円+税10%）

『すべての恋が終わるとしても―140字の忘れられない恋―』

冬野夜空《ふゆのよぞら》・著

シリーズ累計35万部突破！TikTokで超話題！30秒で泣ける超短編、待望の第3弾！140字で綴られる、一生忘れられない、たったひとつの恋。――たとえ叶わなくても、一生に一度の恋だった。『1ページでガチ泣きした』（Rさん）など、共感&感動の声、続々！

ISBN978-4-8137-9302-1　　定価：1485円（本体1350円+税10%）

書店店頭にご希望の本がない場合は、書店にてご注文いただけます。